좋아서,
혼자서

윤동희 산문집

어른이 된 지금 조용히 집을 생각한다.
조용히 언덕 위의 집을 생각한다.
집까지 가는 길이 기억 속에서 흔들린다.

나라 요시토모

contents

프롤로그

혼자서 일하고 있습니다 010

1인 출판사를 운영합니다 016

뭔가 잘못되었다! 019

나는 출근하지 않는다 022

나의 몸을 믿는다 028

몸이 인생이다 032

제2의 사춘기 036

취미는요, 없습니다 039

나는 일의 본질을 찾는다 042

더 적게, 더 좋게 살고 싶다 048

돈이란 무엇인가 052

나는 0을 생각한다 056

그 일은 할 수 없습니다 060

1판 1쇄 064

주말에는 카페에 가지 않는다 067

그만두었습니다 071

어디에서 일하세요? 074

사람을 멀리한다 078

나이를 먹는다는 것 082

너무 움직이지 마라 086

일의 기본, 나만의 기본 090

왜 1인 출판이에요? 096

1인 출판은 작지 않아요 100

나는 마이너스 출판을 한다 102

세상을 바라보는 독특한 방식 106

별것 아닌 즐거움 말하기 110

일 말고 일하는 '사람' 113

미래에도 출판이 있다면 118

차이, 반복, 리듬 126

팝업 책방을 열어요 129

고장난 시계처럼 살아라 **134**

좋은 질문을 던지는 사람 **138**

일하지 마세요, 활동하세요 **142**

나는 공부한다 **145**

동파육을 먹는다, 교양을 먹는다 **148**

서봉수와 천계영 **152**

이세돌이 고수다 **156**

나 혼자 중동태 **162**

나는 검색한다 고로 존재한다 **166**

어른의 시간 **172**

'힙'해야 팔린다 **176**

힙은 만드는 자의 것 **178**

가치 있는 소비 **184**

그래도 브랜딩은 합니다 **187**

있는 그대로, 자연스럽게 **191**

다르게, 다르게 **196**

세트 메뉴와 시그니처 메뉴 201

반사회적이지 않습니다 비사회적일 뿐입니다 204

모두가 옳다 210

혼자 일하는 사람들에게서 배운다 214

약한 연결 218

달의 속도로 사는 사람 222

나만의 가게를 차려야지 228

하루 1시간만 일하는 사람 234

혼자 다르게 일하는 사람 238

생활을 쓰다 242

마이너 리그 246

혼자서 여행하는 기분 252

Bittersweet 258

에필로그

소박하되 구차하지 않게 262

혼자서 일하고 있습니다

네 번 옮겼다.

살아가며 일터를 네 번 옮겼다. IMF 시절에 입사한 대기업을 뛰쳐나와 1999년 잡지사 월간미술에서 미술기자로 일했고, 2003년 출판사 안그라픽스에서 편집자로 일했고, 2007년 출판사 북노마드의 대표가 되었다. 출판사 문학동네의 브랜드로 시작한 북노마드는 계열사로 승격했고, 2016년 1인 출판사로 독립했다. 모기업이 보유한 지분을 인수했다. 수억 원이 들어갔다. 괜찮은 결정이라고 생각했다. 지난날의 보상으로 여겼으나 곧 후회했다. 인수할 것이냐 포기할 것이냐. 양자택일의 상황에 몰려 다른 길을 살피지 못했다.

결국 내 탓이다. 북노마드 브랜드를 내 것으로 착각했다. 소유라는 번뇌에 집착했다. 숫자에 불과한 '지분'에 사로 잡혔다. 집착을 손에서 놓아야 했다. 나는 그러지 못했다. 자력을 버리지 못한 결과였다.

파주출판도시를 떠나 서울의 작은 사무실로 향했다. 리셋! 다시 시작하기로 했다. 과거를 인정하고 냉철하게 반성했다. '괜찮다'고 말할 수 있는 용기가 생겼다. 드라마 〈동백꽃 필 무렵〉에서 논바닥에 구른 스쿠터에 시동을 걸며 일어서는 향미(손담비 분)를 보고 움찔했다. 그건 나였다.

"화투도 파투가 있는데, 내 인생도 다시 치면 되지."

*

여러 일을 병행했다.

미술기자로 일하며 대학원에 다녔다. 미술기자에서 편집자로 건너가며 잠시 영화기자로 일했다. 출판사 안그라픽스에서 편집자로 일하며 미술잡지 《아트인컬처》 편집위원을, 한국사립미술관협회 전자매거진 편집위원을 겸했다. 북노마드 대표로 일하며 광주비엔날레 학술지 편집위원을 병행했다. 업계 선후배들의 배려 덕분이었다.

강의는 주업 아닌 부업 아닌 일이었다. 서른두 살부터 쉬지 않았다. 한 학기에 네 곳, 많을 때는 일곱 학교에 출강했다. 두 학교에서 겸임교수로 재직했다. 본업에 방해받지 않으려고 강의는 몰아서 했다. 새벽에 집을 나와 (서부간선도로—영동고속도로) 오전 9~12시 경기대 수업, (용인서울고속도로—동부간선도로) 오후 2~5시 세종대 수업, (능동로—천호대로—내부순환로) 저녁 7~9시 동덕여대 수업을 하는 식이었다. 틈틈이 미술관, 기업, 서점, 백화점, 지방자치단체, 도서관, 창업센터에 특강을 나갔다. '읽은 책을 끌어다대며 중언부언하는 자들을 멀리하려 한다'는 소설가 김훈의 글에 뜨끔했다. 그게 나였다.

*

늘 일을 고민했다.

이사를 자주 다니는 사람들은 '짐 싸기'의 노하우가 있다고 한다. 짐 싸기가 힘들어서 다음 이사를 염두에 두고 물건을 많이 들이지 않는다고 한다. 비우는 것이다. 버리는 것이다. 스물일곱에 첫 일터에 들어가 마흔여섯에 1인 출판사로 독립했다. 일의 종착점은 '나 혼자 일한다'였다. 비운 것이다. 버린 것이다.

나는 왜 일을 하는 걸까. 성공하고 싶어서? 성장하고 싶어서? 돈을 많이 벌고 싶어서? 그렇지 않다. 지나치게 애쓰지 않았다. 그저 생각이 없었다. 당연히 학교에 다녀야 하고, 취업해야 하고, 일해야 하고, 돈을 벌어야 한다고 생각했다. 바보! 나는 바보였다.

주위를 둘러보면 그런 바보들(sorry)이 많은 듯하다. 이 조건을 만족시키면 너를 인정할게(만족시키지 못하면?), 이 기준을 채우면 이렇게 보상할게(채우지 못하면?) 하는 식으로 회사의 기준에 자신을 맞추는 것을 사회생활로 여긴다. 그래서 회사인지도 모른다. 그래서 사회인지도 모른다. 그런데 나는? 내 인생은? 내 자유는?

'나 혼자 일한다'는 일하지 말자는 게 아니라 가급적 '노동'을 하지 말자는 것이다. 일본의 철학자 우치다 타쓰루는『힘만 조금 뺐을 뿐인데』에서 할일은 정해져 있고, 잘해도 딱히 칭찬받지도 못하고, 정해진 대로 하지 않으면 한소리 듣는 걸 노동이라고 말한다. '하마터면 열심히 살 뻔했어'라고 가슴을 쓸어내리고, 자신의 행복을 가장 중시하며 소비(욜로)하는 것으로 한을 푸는 이유다.

노동에서 '비즈니스'로 옮겨가야 한다. 비즈니스의 즐거움은 돈을 버는 데 있지 않다. 빠른 반응 속도에 있다. 제품과 서비스에 대한 시장의 반응은 정확하다. 새롭고 좋은 상품을 합리적인 가격으로 제공하면 좋은 평가를 받는다. 물론 책임이 따른다. 비즈니스와 노동의 분기점은 책임을 대하는 태도에 있다. 그 책임이 나를 성장시킨다. '나 혼자 일한다'는 나의 비즈니스를 하는 것이다. 내가 일의 중심이 되는 것이다. 스스로 극복하는 것이다. 나와 일의 관계를 생각하는 것이다. 적절히 하는 것이다. 스마트하게 일하는 것이다. 힘들게 일해서 돈을 많이 버는 것보다 삶의 기본을 지킬 정도만 버는 것이다.

'나 혼자 일한다'는 혼자 책을 만드는 나에게 절박하게 다가온 삶의 리얼리티다. 그러다보니 글에 리듬과 율동이 떨어진다. 몹쓸 핑계다.

1인 출판사를
운영합니다

어느 자리에서건 나는 "1인 출판사를 운영합니다"라고 얘기한다. 그때마다 사람들은 '1인 출판사'에 흥미를 보인다. 물론 그 단어에 얽힌 우여곡절을 온전히 이해하는 사람은 드물다.

말은 간단하다. 혼자서 출판사를 운영한다는 말이다. 출판사는 기획, 편집, 디자인, 마케팅, 제작, 유통, 경영을 관리하는 사람들로 구성되는데, 이 일을 혼자서 하는 것이다.

1인 출판을 한다고 하면 동경하는 시선이 있다. 오해다. 1인 출판사를 운영한다고 해서 편집도 잘하고 마케팅도 잘하는 건 아니다. 나는 아니다. 대부분의 일을 '혼자' 할 뿐이다. 그저 책을 만드는 일에 '관여'하는 정도다.

나는 기획, 편집, 마케팅, 제작, 주문, 경영 관리를 한다. 책을 기획하고 얼개를 짜고 구성과 내용을 조정한다. 원고의 교정 교열은 협력 편집자에게, 디자인은 협력 디자이너에게 의뢰한다. 유통은 물류창고와 계약을 맺었다. 성과와 관계없이, 가치와 관계없이. 저성장 시대에 최소한의 비용으로 적절한 효과를 거두기 위해서 혼자 일한다.

간혹 북노마드의 책을 내가 썼다고 생각하는 사람들이 있다. 사무실에 있으면 누군가 들어와 '이걸 책으로 만들어주세요' 하는 사람도 있다. 대략 난감이다.

어쩔 수 없다. 일이라는 게, 직업이라는 게 그렇다. '일이란 자신에겐 뚜렷하지만 남들에게는 한없이 모호'하다는 싱어송라이터 김목인의 말처럼 사람들은 실제와 동떨어진 이미지로 직업을 소비한다. 누구도 남의 직업을 구체적으로 알지 못한다. 제멋대로 격상시키기도 하고 폄하하기도 한다. '책을 만들어 파는 일'로 정의할 수 있는 '출판'도 그러하다. 책을 좋아한다고 해서 그 일을 아는 게 아니고, 책을 읽지 않는다고 해서 그 일을 모르는 게 아니다.

책을 만들다보니 출판을 주제로 강의한다. 북콘서트, 북토크를 진행한다. 그때마다 출판에 과장된 이미지가 덧씌워져 있음을 느낀다. 사람들은 작가를 동경한다. 작가가 글처럼 살아간다고 생각한다. 진짜일까? 사람들은 책을 만드는 사람을 궁금해한다. 편집자의 일을 우아하게 바라본다. 과연 그럴까?

한편으론 다행이라는 생각이 든다. 출판을 향한 사람들의 모호한 시선 때문에 나에게 강의 요청이 들어오는 게 아닐까. 그 모호함에 대해 조금이라도 더 명확하게 설명하려 하지만, 내심 사람들이 출판을 구체적으로 알지 못하면 좋겠다. 나의 지속가능한 강연활동을 위해서.

뭔가
잘못되었다!

나는 일을 좋아하는 사람이었다. 일이 삶의 전부였다. 매일 바빴다. 아침에 일어나 출근하는 게 행복했다. 왜 퇴근하지?(곧 출근할 텐데.) 월요병, 그게 뭐예요? 직장을 잡고 결혼하고 아이를 낳아 길렀다. 밤새워 일했다. 주말에도 일했다. 정말 열심히 일했다.

어느 토요일이었다. 새벽까지 일하고 일어나 '아점'을 먹는데 어느새 훌쩍 자란 딸아이가 옆에 서 있었다. 그때 알았다. 아기에서 아이가 '되는' 순간이 있다는 것을. '어느새 이렇게 자랐지' 하는 뿌듯함과 다시는 아기 시절을 볼 수 없다는 서운함이 포개졌다. 나는 내 아이의 아기 시절을 실시간으로 목격하지 못했다. 아이의 기저귀를 갈지 않았다. 지금도 그 시간을 생각하면 미안하고 안타깝다. 모든 시간이 소중하지만 가장 아까운 시간이었다. 식탁 높이만큼 자란 아이는 아빠와 의사소통이 가능할 정도로 많은 말을 쫑알거렸다. '아빠'가 된 순간. 정확히 설명할 순 없지만 뭔가 잘못되었다고 생각했다.

회사를 그만둬야겠다고 생각했다.

'북노마드'를 시작한 이유는 하나. 딸아이와 많은 시간을 보내고 싶어서였다. 아침에 출근하지 않아도 되고, 언제든지 딸아이의 시간에 맞출 수 있어서였다. 나는 어떤 책을 만들어 팔까를 고민했다. 동시에 내가 원하는 삶을 위해 무엇을 할까 '더' 고민했다. 매일 그 고민으로 하루를 여닫았다. 다행히 많은 날을 아이와 보냈다. 유치원에서 나오는 아이를 맞이했다. 편의점에서 간식을 사는 시간이 즐거웠다. 놀이터에서 노는 아이를 지켜보다가 일터로 나갔다. 주말이면 여기저기를 여행했다. 캠핑을 갔다. 그래도 아기 시절에 진 마음의 빚은 청산되지 않았다. 지난 시간을 돌이킬 수 없는 아빠의 임기응변이었다. 어느덧 아이는 얼굴에 화장을 하는 나이가 되었다. 하루키의 『노르웨이의 숲』을 읽는 나이가 되었다. 아빠를 밀치는 나이가 되었지만 그 시절을 기억할 거라고, 아빠는 믿는다.

나는
출근하지 않는다

　　　　　　　　　　　　　　　나는 혼자 일한다.
덕분에 따로 출근하지 않는다. 축복이다. 아침이라는 소
중한 시간에 번잡한 도시 속으로 몸을 욱여넣지 않는 건
행복한 일이다. 그렇다고 늦잠은 금물. 잠에서 깨면 '브
라운' 탁상시계로 시간을 확인하고 '싱크패드' 노트북을
켠다. 비밀번호를 입력하고 '구글 크롬'을 연다.

아침마다 도서 주문을 파악해서 전산 프로그램에 입력
한다. 교보문고, 알라딘, 예스24, 인터파크. 도매 서점과
지방 서점의 주문은 '오더피아'라는 주문 전송 센터에서
확인한다. 직접 거래하는 독립 서점은 이메일로 주문을

받는다. 그러면 파주에 있는 물류창고에서 전송 자료를 확인하고 서점에 책을 보낸다. 일의 시작이다.

밤사이 내가 만든 책에 기꺼이 돈을 지불한 사람들을 생각한다. 고마운 사람들. 주문이 넉넉한 날은 마음이 편안해지고, 주문이 빈곤한 날은 마음이 오그라든다. 물론 세상은 만만치 않아서 맘껏 편안한 날을 가져본 적이 없다. 그래도 나를 초라하게 만들지 않으니 이 정도면 괜찮다고 생각한다.

오전 11시, 노트북을 접고 창밖을 내다보며 커피를 마신다. 나에게 '굿모닝'은 모닝커피를 마시는 순간이다. 무엇도, 누구도 가져다줄 수 없는 여유가 모닝커피에 녹아 있다. 더치커피는 간편하게 마실 수 있다. 머그잔에 따르고 정수기에서 냉수를 더한다. 신선한 원두가 있는 날엔 커피를 내린다. 오늘의 모닝커피는 편의점에서 사 온 티오피 심플리 스무스. 이름 그대로 심플하고 스무스하다(게다가 2+1). 아침은 간편하게 보내야 한다. 옷차림도, 스케줄도, 커피도.

오늘의 일을 생각한다. 어제 놓친 일은 없는지 확인한다. 내일의 일을 살핀다. 한 주의 일을 점검한다. 해야 할 일을 적는다. 꼭 해야 하는가, 왜 해야 하는가. 하지 않아도 될 이유를 찾는다. 하지 않는다.

1인 출판사이지만 혼자서 책을 만드는 것은 아니다. 어떤 일이 홀로 할 수 있단 말인가. 혼자 일하며 필요한 것은 아이러니하게도 '팀플레이'다. 나에겐 함께하는 이들이 있다. 프리랜서 네 명의 협력자가 함께한다. 든든한 사람들.

우리는 카카오톡 단체채팅창으로 교류하며 책을 만든다. 제작 과정을 확인하고, 틀린 부분은 없는지 점검하고, 제목과 부제, 표지 카피가 최선인지를 되묻는다. 나에게, 서로에게, 우리에게. 그들도 나처럼 집에서 일한다. 우리는 한 번도 한자리에 모인 적이 없다. 노트북과 스마트폰으로 일할 수 있는 훌륭한 세상.

혼자 일하며 같이 일하는 것의 소중함을 깨달았다. 혼자 일하며 이기는 습관을 버렸다. 일을 지시하는 사람은 자신의 약함을 인정해야 한다. 능력 있는 협력자들과 일의 과정을 점검하는 일, 그들의 재능과 지적 능력의 상호작용을 관리하는 일, 가장 어려운 일은 내가 직접 하는 것. 그것이 나의 일이다.

주위를 둘러보면 별의별 직업이 많다. 회사원, 아나운서, 프로듀서, 기자, 의사, 변호사, 회계사, 자영업, 교사, 공무원, 작가…… 세상은 직군과 직종을 구분한다. 수입에 따라, 평판에 따라 좋은 직업과 그렇지 않은 직업으로 나눈다. 하지만 직업은 기본적으로 신성한 것이다. 그 일로 가족을 먹여 살릴 수 있다면, 그 일로 세상이 모난 곳 없이 운행된다면 좋은 직업이다. 너무나 좋아해서 몰두하게 만드는 뭔가가 있다면 더할 나위 없다.

하지만 나에게 가장 좋은 직업은 아침에 일어나 출근하지 않는 일이다. 좋은 일의 기준이다. 내가 출근하지 않는 이유다.

나의
몸을 믿는다

하루에 2시간 이상 노트북으로 일하지 않는다. 오전 9시부터 11시까지 도서 주문을 입력하고, 카카오톡으로 그날의 일을 조율하면 노트북을 닫는다. 닭가슴살, 파프리카, 올리브, 고구마를 '디앤디파트먼트' 접시에 담아 먹는다. 한 접시 요리다. 영양제를 챙겨 먹고 욕실로 들어간다. 서래마을 편집숍 '루밍'에서 구입한 천연샴푸 '로마'로 머리를 감고, 천연 EM 비누로 몸을 씻는다. 나이를 먹으며 내게 어울리는 것을 알게 되었다. 이제 나는 아무거나 사지 않는다. 아무거나 쓰지 않는다. 낭비하지 않는다.

우리는 너무 많은 것을 산다. 여러 이유를 들어 소비한다. 유행이 되어버린 미니멀 라이프를 생각한다. 미니멀 라이프는 스타일이 아니다. 나에게 필요한 것과 필요하지 않은 것을 결정하는 것이다. 더 잘 살기 위해서 더 적게 사는 것이다. 최소한minimal의 돈으로 사는 것이다. 미니멀 라이프는 노력이다. 나는 인터넷, 모바일 쇼핑을 하지 않는다. 새벽 배송, 로켓 배송, 당일 배송이라는 말을 혐오한다. 속도에 밀려도 좋다. 시대에 뒤처져도 좋다. 느긋하게, 느슨하게 살고 싶다.

오후는 발로 뛰는 시간. 매일 정해진 시간에 서점을 찾는다. 머리로만 일하지 않는다. 계절에 한두 번 지방 서점을 찾는다. 천안, 대구, 부산, 광주를 방문한다. 북노마드 도서를 둘러보고 서점인들과 대화를 나눈다. 새 책이 나오면 관심을 요청하고 재고가 없는 책은 조심스럽게 환기시킨다. 세상에 공짜는 없다. 광고, 이벤트에 적절히 참여한다.

이제 하나의 브랜드만 소비하는 사람은 평면적이다. 서점은 인간의 다양한 내면을 그러모은 최고의 편집 공간이다. 북노마드 책을 좋아하는 사람 또한 다른 책들을 좋아하면서 마음 한구석에 마음을 내주는 사람일 것이다. 그들이 '누구'인지 알아야 한다. 내가 만드는 제품이 누구에게 팔리는지 모르는 것은 범죄다. 무슨 일을 하든지 구매자와 사용자를 제대로 파악해야 한다. 그들과 일대일 관계, 소규모 관계를 만드는 것. 1인 출판사의 브랜딩이다.

금요일은 쉰다. 1인 출판사 북노마드는 주4일 근무다. 독립 서점에서 하는 출판, 미술사, 예술철학 강의를 금요일에 집중한다. 일하기 싫은 날은 쉰다. 그런 날은 창전동 '펠트커피', 연희동 '매뉴팩트'를 찾는다. 원서동 '텍스트커피'와 성수동 '메쉬커피', 방배동 '태양커피'로 원정을 가기도 한다. 좋은 햇볕과 괜찮은 커피가 어우러진 오후는 살아갈 힘을 준다.

저녁엔 운동을 한다. 헬스장을 찾는다. 스트레칭을 하고 러닝머신 위에서 달리고 근력 운동을 하고 스쿼트를 한다. 하루 2시간, 가급적 매일, 아무리 바빠도 일주일에 세 번 운동을 하려 한다. 아니, 하고 있다. 나에게 스스로 약속한 일을 꾸준히 하는 좋은 습성이 있음을 알게 되었다. 운동을 마친 후의 성취감과 충실감을 사랑한다. 하루를 마무리하며 줄넘기를 한다. 100회씩 다섯 번. 소화가 된다. 뱃살이 빠진다. 몸이 유연해진다. 머리가 맑아진다. 감정의 기복이 일정해진다. 담담해진다.

나는 걷는다. 자주 걸으려 한다. 평일에는 공원을 걷고 주말에는 가족과 백화점을 걷는다. 몰mall 다이어트! 날이 적당하면 조금 멀리 나간다. 트레킹을 한다. 모두가 도시에서 일할 때 흙길을 걷는다. 느릿느릿. 조금 거친 길을 오르내리면 인생의 결기가 생긴다.

운동을 하면서부터 몸이 아닌 머리로 하는 일을 믿지 않게 되었다. 이제 나는 머리로 세상을 파악하지 않는다. 몸을 쓰지 않고 오는 일의 결과를 믿지 않는다. 운동은 탈언어적이다. 운동은 숫자다. 각오만으로 몸은 달라지지 않는다. 움직여야 한다. 몸의 감각, 신체 감수성. 운동이 내게 준 최고의 선물이다.

몸이
인생이다

아팠다. 뇌혈관이 터졌다. 심근경색을 앓았다. 파주출판도시에서 가슴을 움켜쥐고 일산 동국대병원으로 옮겨졌다. 지금은 어린이책 편집자로 살아가는 후배 편집자가 조수석에서 울었다. 고마웠다. 응급실에 누워 있는데 의사들이 다녀갔다. 고통 지수를 물었다. 1부터 10까지, 어느 정도로 아프세요? 애매했다. 고심했다.

"7.5?"
"한 단위로요."

어쩔 수 없이 7로 타협했지만, 아무리 생각해도 7.5였다. 7보다는 아팠고 8보다는 못했다. 분했다. 몇 년 전일이다.

어느 날, 교보문고 광화문을 찾았다. 내가 만든 책이 잘놓여 있나 확인하다가 서점을 뛰쳐나왔다. 책들이 나를향해 쏟아졌다. 현실 같은 환영이었다. 공황장애였다. 나를 찬찬히 지켜보던 작가가 충고했다. 주변을 힘들게 하는 '병'이라고, 치료를 받아야 한다고 했다.

병은 겉으로 드러난다. 오랫동안 몸을 소중히 여기지 않았다. 일에 빠져 있었다. 욕심에 빠져 화가 치성했고 몸을 돌보지 않아 울화가 맺혔다. 정기신의 균형이 무너져있었다. 건강의 기초를 이루는 물질적 토대精와 그것을움직이는 에너지氣, 그 흐름을 통제하는 조정 능력神이깨졌다. 작가는 분당의 어느 한의원으로 나를 인도했다. 제자가 동행해주었다. 고마웠다.

한의사는 사상 체질 의학으로 내 몸을 살폈다. 처방은간결했다. 몸의 기운적 배치를 바꾸고, 몸과 외부와 맺는관계를 바꾸기로 했다. 머리에 가득한 기를 몸밖으로 빼냈다. 불면에서 벗어났다. 음을 보충하고 화를 내렸다. 음식은 중요하다. 미米와 청靑이 합쳐져 정精이 된다. 내 몸에 맞는 음식과 맞지 않는 음식을 구분했다. 운동을 시작했다. 몸과 마음의 기름기를 제거했다. 과잉에서 여백으로. 마음을 비웠다.

몸과 마음을 근신하며 『동의보감』을 공부했다. 기운의 흐름과 분포에 집중했다. 어떻게 절단하고 어떻게 접합할 것인가에 몰두했다. 유형의 생리와 무형의 정신을 묶어서 바라보았다. 계절의 변화에 내 몸을 맞추었다. 음력의 위대함을 알았다. 얕게나마 몸과 우주를 공부했다. 몸이 아픈 건 마음이 아프기 때문이다. '마음이 속상할 때는 몸으로 가라'는 어느 책이 생각난다. 몸은 인생의 텍스트다. 몸은 곧 인생이다.

운동을 시작했다. 몸과 마음의 기름기를 제거했다.

과잉에서 여백으로. 마음을 비웠다.

제2의 사춘기

아팠다. 마음이 아플 때가 있었다. 사는 게 왜 이 모양일까 자책했던 시절. 삶을 재단하는 규격이 있다면 형편없는 불량품 인생. 말은 생각을 따르지 못하고, 행동은 생각에 미치지 못하는 삶. 모든 문제가 나로부터 시작해 나에게로 끝나는 모양. 사랑할 것이 아무것도 없는 초라함. 삶의 경쟁에서 밀려난 기분. 삶의 곤경을 이겨낼 힘도 패배를 받아들일 용기도 없는 유약함. 내가 정한 원칙이 아니라 다른 이의 법을 따르는 비루함. 결국 살아가기에 급급한 비겁한 삶. 속절없이 사라지고 가뭇없이 저물어간 나의 꿈. 완벽한 패배자.

아무것도 할 수 없는 낙오자. 그런 시절이 있었다.

사춘기였다. 다시 찾아온 사춘기. 제2의 사춘기였다. 제1의 사춘기와는 분명 다른, 어느 날 문득 터무니없지만 정확하게 찾아온 느낌. 누군가 나를 정탐하는 듯한, 아니 비웃는 기분. 나를 아무것도 아닌 사람으로 만들어버린 황량함. 감동도 방향도 없이 끝없이 추락하는 기분. 나를 감싸는 지루함과 권태로움. 당장이라도 도망치고 싶은 수치심. 아무데라도 떠나고 싶은 절박함.

처음에는 잠시 쉬면 될 거라고 여겼다. 적절히 조절하면 된다고 생각했다. 오만이었다. 알량한 휴식이 아니라 완전한 재생이 필요했다. 내 안의 사유와 의지, 느낌, 취향의 밑바닥을 뒤흔드는 충격이 필요했다. 돌아보니 다행이었다. 나의 한계를 마주한 순간. 그날 이후 나는 많이 달라졌다.

미친 세상이다. 아프고 슬프고 고통스럽다. 우울의 시대다. 모두가 우울을 호소한다. 우울할 수밖에 없는 현실을 아파하고, 우울을 이야기할 수밖에 없는 내적 필연성을 갖춘 그들은 고통스러워하면서도 단호하고 그만큼 세심하다. 크라우드펀딩으로 시작해 독립 서점에서 사랑받은 김현경 작가의 『아무것도 할 수 있는』이 대표적이다.

제목이 인상적이다. 권태, 무력감, 낮아진 자존감, 우울의 늪에 빠져 아무것도 할 수 없었던 작가는 사람들과 더불어 '아무것도 할 수 있는' 길을 찾았다. 그 길의 시작은 의미 없는 위로가 아니라 조건 없는 '이해'였다. 나의 삶과 너의 삶이 다르지 않다는 공감이었다.

삶은 기교의 문제가 아니라 '태도'의 문제다. 태도가 형식을 만든다. 삶의 공간으로 나아가야 한다. 내가 '어떤 정거장에 들렀는지, 어떤 한계에 부딪혔는지, 어떻게 싸우고 어떻게 매달렸는지'(오르한 파묵)를 숙고하다보면 문득 삶이 도드라지는 순간이 찾아온다. 이기든 지든 살아야 한다.

세상은 공평하지 않다. 팩트다. 현실을 불평하는 건 유아적이다. 부조리를 받아들여야 한다. 우울은 테마에 그쳐서는 안 된다. 우울의 기미를 과도하게 표출하는 것은 삼가야 한다. 멜랑콜리의 비애가 내부에만 고여 있는 건 유치하다. 볼썽사납다. 우울은 뼛속 깊이 느끼되 동시에 무심한 시선으로 관조하는 것이다. 우울이라는 멜랑콜리는 평평하게 바라볼 때 깊이가 생겨난다. 우울은 최선을 다해 자신을, 세상을, 시대를 의심하는 것이다. 이제 우울은 장르다.

취미는요,
없습니다

주로 혼자 다닌다. 우르르 몰려다니는 것을 좋아하지 않는다. 산책을 하고, 카페에 가고, 서점에 가고, 갤러리를 찾는다. 편하다. 약속을 잡을 필요가 없고, 중간에 계획을 틀어도 상관없다. 출판사에서 복합문화공간을 운영하다가 정리한 이유도 그래서이다. 공간을 만들었으니 사람들을 모아야 했다. 그들을 '위해' 무언가를 해야 했다. 그것이 나의 '일'인 줄 알았다. 착각이었다. 기획이니 브랜딩이니 콘텐츠니 플랫폼이니 하는 말에 현혹되던 시간이었다.

나는 동호회라는 말이 이해되지 않는다. 지금까지 동호

회에 참여한 적이 없다. 산을 오르고, 사진을 찍고, 여행을 가고, 와인을 마시고, 책을 읽는 일을 왜 여럿이 한단 말인가. 취미는 일을 하고 남는 시간에 혼자 즐기면 된다. 여럿이 함께하면 좋은 점이 있겠지만, 그것은 필요 이상의 에너지를 쏟게 만든다. 세상에서 가장 피곤한 존재는 사람이다. 취미에 인생을 걸어서는 안 된다. 그렇다면 대관절 너의 취미는 무엇이냐고 묻는 이가 있을 듯하다.

저의 취미는요⋯⋯ 없습니다!

실제로 나는 취미가 없다. 무라카미 류의 산문집 『무취미의 권유』를 애독하는 이유다. 나는 이 책을 집에 한 권, 사무실에 한 권, 자동차 조수석에 한 권 두고 틈틈이 읽는다. 읽을 때마다 삶의 기준을 그어주는 책. 나는 그런 책이 좋다.

취미가 나쁜 건 아니다. 하지만 취미란 기본적으로 노인의 것이다. 너무나 좋아서 주체할 수 없을 정도로 몰두하게 만드는 뭔가가 있다면, 젊은이들은 그것을 취미로 하는 아마추어가 아니라 일로 삼는 프로가 되는 게 자연스러운 흐름이다.

— 무라카미 류, 『무취미의 권유』 중에서

책에서 무라카미 류는 자신도 취미가 없다고 고백한다. 소설을 쓰고, 영화와 쿠바 음반 제작을 하고, 전자메일 매거진을 편집하고 발행하지만 모두 돈이 오가고, 계약서를 쓰고, 비평의 대상이 되는 '일'이라고 말한다. 나도 그렇다. 책을 만들고, 대학에서 예술철학을 강의하고, 미술에 관한 글을 쓰고, 서점에서 출판을 강의하지만 모두 돈이 되는 '일'이다.

일이 취미가 되고, 취미가 일이 되는 삶을 꿈꾸었는데, 어느 정도 이룬 것 같다.

나는 일의
본질을 찾는다

매년 3월에는
법인 결산을 한다. 한 해의 성과와 살림을 점검한다. 스무 살, 영등포 연홍극장에서 정보석 배종옥 주연의 영화 〈젊은 날의 초상〉을 함께 봤던 친구가 회계사가 되어 스몰 비즈니스를 궤도에 올려놓으려 애쓰는 나를 돕는다. 올해도 어김없이 법인세 신고를 위해 선릉역에 있는 친구의 회계 법인을 찾았다. 누가, 어떤 일을, 어떻게 하는지를 직접 보는 일이 중요하다는 생각에서다.

선릉역에는 '최인아 책방'이 있다. 어디를 가나 서점을 찾는다. 병病이다. 서점을 두리번거리다가 『심플을 생각한다』와 『조용헌의 방외지사 열전』을 샀다. 먹고사는 문제를 고민하는 '테두리(방내)'에서 경계선을 뛰어넘은 '탈출구(방외)'에 이르는 책을 고른 셈이다. 방내와 방외를 오가는 노마드 본능이라고 해두자.

『심플을 생각한다』는 라인 CEO로 일했던 모리카와 아키라가 비즈니스 마인드를 정리한 책이다. 이것도 중요하고 저것도 중요해, 우리는 고민한다. 아키라는 '무엇이 본질인가?'를 생각한다. 표면적인 가치에 현혹되지 않는다. 지위, 명예, 돈에 집착하지 않는다. '좋은 것'을 만드는 데 집중한다. 심플하다.

유불선儒佛仙 콘텐츠를 동양학 관점에서 풀어내는 조용헌은 살고 싶은 대로 살아보자는 신념을 실행에 옮긴 사람들을 만났다. 방외지사. 고정관념과 경계선 너머의 삶을 추구하는 사람들이다. 옛날에는 세속을 벗어나 산속에 숨어사는 도인을 가리켰지만, 지금은 아파트와 월급, 조직을 벗어나 사는 사람이다.

우리는 꼭 일해야 하는가? 우리는 꼭 성공해야 하는가? 성공과 실패는 무엇인가? 우리는 왜 비슷하게 살아가는 걸까. 한세상 먹고사는 문제만 고민하는 우리에게 '원하는 삶'을 돌아보게 한다. 삶은 다양하다고, 여러 방식이 있다고 말한다. 읽다보면 눈물이 난다.

나는 늘 세속이 맞지 않았다. 어릴 적 친구들은 소풍, 운동회, 수학여행을 기다리며 밤잠을 설쳤다. 나는 가기 싫어서 밤잠을 설쳤다. 정해진 시간에 모여야 하고, 줄 맞춰 서야 하고, 조회를 하고, 정해진 장소에만 가고, 정해진 순서를 따르는 게 싫었다. 어쩔 수 없이 치러야 했던 때를 제외하고 시험을 자청하지 않았다. 인생의 다음 단계를 시험으로 결정하지 않았다. 회사에 지원하며 토익 점수를 비워놓았다. 토익 점수가 업무에 필요하다면 입사 후 시험을 치르겠다고 말했다.

도시의 봉급쟁이로 살아가는 건 힘든 일이다. 일만 하며 돈을 벌 수 없다. 그놈의 인간관계! 여차저차 나를 희생하고 돈을 벌어도 경제적 안정은 요원하다. 돈은 늘 부족하다. 돈의 법칙이다. 나는 마을버스를 타고 지하철을 타고 (중간에 갈아타고) 1~2시간을 들여 출근하고 퇴근하는 일을 이해하지 못한다. 저마다 사정은 있다. 그러나 삶의 처지는 수정하고 변경하고 제거할 수 있다.

아무튼 나는 혼자 일한다. 문제는 아직도 일하고 있다는 것이다. 여전히 호구지책의 장벽을 넘지 못하고 있다. 혼자, 일하는 데까지는 이르렀다. 이제 일하지 않는 것으로 나아가려 한다. '일'을 하는 이상 우리는 행복할 수 없다. 고품질의 삶을 누릴 수 없다.

고품질의 삶은 자연과 벗하며 사는 삶이다. 방외지사의 삶이다. 쉽지 않다. 생계유지의 두려움을 뛰어넘는 '자연인'은 고수의 영역이다. 고수는 삶의 조건을 지키는 단계, 부수는 단계, 멀어지는 단계를 모조리 겪은 사람이다. 나 같은 하수는 대책 없는 귀농, 귀촌을 꿈꿔서는 안 된다. 무조건 삶의 조건을 부수어서는 안 된다. 도시를 잠시 벗어날 수 있어도 영원히 떠날 수 없다.

나 같은 사람에게 적당한 일이 출판이다. 아무리 생각해도 그것밖에 없다. 책을 만들고, 글을 쓰고, 그 경험을 토대로 강의하는 일. 하루하루 만든 책들이 기본 항산(일정한 재산)이 되고, 중간중간 '한방'을 터뜨려 시간과 돈을 비축하는 일. 혼자서 할 수 있고, 시간과 건강을 해치지 않고, 시간이 갈수록 (편집) 기술이 늘어나는 일.

도시에서 일하는 나에게 고품질의 삶은 '본질'에 집중하는 것이다. 일과 인생을 심플하게 만드는 것도, 부가가치를 낳는 것도, 먹고사는 문제를 벗어나는 것도, 시간과 돈에 얽매이지 않는 것도 '본질'을 파악하는 것에서 시작한다. 역시 책이 선생이다.

'일'을 하는 이상 우리는 행복할 수 없다.

고품질의 삶을 누릴 수 없다.

더 적게,
더 좋게 살고 싶다

스탠퍼드대학에서
〈인생 디자인, 본질적으로〉라는 프로젝트를 운영한 그렉
맥커운은 '본질 전도사'로 불린다. 승패를 좌우하는 가장
근원적 목표에 집중하라. 큰 성과로 이어질 수 있는 중요
한 일을 선별해서 하라. 그의 책 『에센셜리즘』에 본질의
비결이 들어 있다.

'에센셜리즘'은 '더 적게, 하지만 더 좋게'라는 사고방식의
실천이다. 나의 노력과 시간을 어디에 사용할지를 선택
한다. 가치 있는 일과 잡다한 일을 구분한다. 내가 해결
하고 싶은 가장 중요한 일을 골라낸다.

1인 출판사의 일은 '겁나게' 많다. 기획, 편집, 주문, 반품, 제작, 인쇄 감리, 마케팅, 회계 등 거의 모든 일을 혼자 한다. 처음에는 후회했다. 꾸역꾸역 일하다가 울었다(정말이다). 사무실을 나와 거리를 배회하다 카페에 들어갔다. 카페 이름이 기막혔다. 아이들 모먼츠Idle Moments. '게으른 순간'이라니……. 비엔나커피를 주문했다. 따뜻하고 달달했다. 2016년 4월 어느 날, 지금은 없어진 그 카페에서 음미한 비엔나커피 사진을 휴대폰에 간직하고 있다. 일이 버거울 때마다 사진을 꺼내어본다. 그러면 꼬깃했던 마음이 펴진다(정말이다).

옛말이 옳다. 시간이 해답이다. 미술기자부터 편집자까지, 20여 년간 독립을 준비했는데 독립 후 반년 동안 더 많은 것을 배웠다. 정신적으로도 비로소 독립했다.

*

시대는 달라졌다. 지적 노동자의 반경이 넓어졌다. 이제 기업들은 물리적 자원에 투자를 삼간다. '사람'에 투자한다. 컴퓨터가 할 수 없는 전문성을 보유한 스페셜리스트는 어디에서나 환영받는다.

시대가 변했다. 누구나 혼자 일할 수 있다. 자신의 능력을 펼치는 데 자본이나 조직이 필수적이지 않다. 한 사람이 한 팀, 한 부서, 심지어 한 회사의 일을 할 수 있다. 인생을 걸지 않아도 사업을 할 수 있다. 사무실이 없어도 된다. 평일엔 직장일을, 주말엔 자기 사업을 병행할 수 있다. 내가 종종 찾는 을지로의 와인 바는 직장 동료 세 명이 의기투합해서 만들었다. 오후 5시부터 11시까지, 일요일과 월요일은 쉰다. 회사를 다니며 할 수 있는 구조다.

사람들은 '현실'을 기준 삼는다. 사업은 어렵다고, 따박따박 나오는 월급의 귀중함을 말한다. 귀담아들을 필요 없다. 독립 후 이것도 궁금하고 저것도 궁금했을 때 여러 사람에게 물었다. 좋은 조언이 넘쳤다. 그리고 시간이 흐르며 알게 되었다. 사람들의 조언은 자기 경험의 범위를 넘지 못한다는 것을. 물류창고는 어디가 좋아요, 서점 거래처는 몇 곳이 적당할까요, 1년에 몇 종을 만들면 좋을까요…… 사람들의 답은 자기 경험치에서 나왔다.

사람들은 자기 생각을 넘지 못한다. 혼자 일하겠다는 사람을 걱정한다. 부모나 가족은 기겁한다. 그게 정상이다. 세상을 의식하지 마라. 남을 따라가지 마라. 사람들의 말을 듣지 마라. 그들은 자기 생각을 말하는 것뿐이다. 정보가 과하면 마음이 어지러워진다. 수급불류월水急不流月, 물이 아무리 급히 흘러도 수면에 비친 달은 흘러가지 않는다.

나는 물인가, 달인가.

망설여질 때마다 자기 마음을 기준 삼아라. 나라를 구하겠다는 게 아니다. 그저 혼자 일하겠다는 것이다. 그걸 한번 해보겠다는 것이다.

돈이란 무엇인가

내가 만들지 못해서 안타까운 책이 있다. 책을 만드는 나를 몰락으로 이끄는 책. 세상에는 좋은 책이 참 많다. 폴 그레이엄의 『해커와 화가』는 내가 만들지 못해서 분한 책이다. 이 책의 한국 판권을 가진 출판사가 부러워 미칠 지경이다.

폴 그레이엄은 개발자이자 전설적인 액셀러레이터다. 스타트업의 성장을 위한 투자, 연결, 판매, 멘토링, 교육, 기업 공개, 데모 데이를 책임지는 프로그램과 사모펀드를 책임진다. 그가 창업한 '와이 콤비네이터'는 에어비앤비, 드롭박스 등 500개 이상의 기업에 투자하며 최고의 스타트업 인큐베이터 및 액셀러레이터로 꼽힌다.

나쁜 짓을 하는 컴퓨터 기술자. 사람들은 해커를 부정적으로 본다. 다른 사람의 컴퓨터를 침범하는 족속이다. 폴 그레이엄에게 해커는 창조자다. 엔지니어, 개발자, 프로그래머, 해커. 그는 컴퓨터를 업으로 삼는 사람을 네 가지 부류로 나눈다. 엔지니어는 관료적인 조직에서 일하는 프로그래머다. 개발자는 덜 관료적인 조직에서 일하는 프로그래머다. 그리고 깔끔하게 정리한다. 자신의 관심은 프로그래머와 해커에게만 있다고 말한다.

컴퓨터로 일하는 것은 같지만 어디에서, 어떤 태도로, 어떻게 일하느냐에 따라 세상의 시선은 이렇게 다르다. 법을 공부하고 어려운 시험을 뚫은 사람이 사법기관에 있느냐, 거대 로펌에 있느냐, 개인 사무소를 차리느냐, 시민단체에서 일하느냐에 따라 다른 것과 같다. 직업이 같다고, 하는 일이 비슷하다고 같지 않다. 이 글을 읽는 당신은 누구인가. 엔지니어인가, 개발자인가, 프로그래머인가, 해커인가.

회사에서 일한다는 것은 '하고 싶지 않은' 일을 하는 것이다. 해커는 자신이 좋아하는 일이 돈벌이가 되지 않는다는 것을 알면서도 한다. 해커가 회사를 다니면 고통스럽다. 그건 회사도 마찬가지다. 그런데 시대가 바뀌어 해커가 프로그래밍을 하면서도 부를 누리게 되었다. 바로 스타트업이다.

스타트업이란 한 사람이 평생 할 일을 몇 년이라는 짧은 시간으로 압축시키는 것이다. 낮은 밀도로 40년 일하지 말고 최고의 밀도로 딱 4년만 일하는 것이다.

> 당신이 제법 안전하다고 느껴지는 직업을 가지고 있다면 당신은 부자가 될 가능성이 없다. 위험이 존재하지 않는 곳에는 영향력이 존재할 이유가 없기 때문이다.
>
> —폴 그레이엄, 『해커와 화가』 중에서

자본주의 시대다. 돈이 근본이다. 모두 부자가 되고 싶어 한다. 부자는 돈이 많은 사람이다. 그레이엄의 생각은 다르다. 부는 속도, 위험, 영향력에서 나온다. 동시에 그 세 가지가 반드시 돈과 연결되는 것은 아니다. 해커는 자신의 생각을 프로그램으로 만든다. 그 '능력'만으로도 '부'를 갖는다. 능력은 있지만 회사가 싫어하면? 일은 하지만 여러 명과 팀을 이루어 단순 구현만 하는 정도라면? 그건 '부'가 아니다.

부자는 자기가 하고 싶은 일을 할 수 있는 사람이다. 해커가 스스로 설계하여 훌륭한 소프트웨어를 만들려고 스타트업을 하듯이, 자기가 하고 싶은 일을 위해 나만의 플랫폼을 만드는 것이다. 그게 '부자'다. 자기 철학이 있고, 기술 능력이 뛰어나고, 지속적으로 노력하고, 사용자들이 필요로 하는 문제를 해결하면 부자가 될 확률은 더욱 높아진다.

앞 문장을 수정한다. 돈이 근본이 아니다. '부'가 근본이다. 돈은 부가 아니다. 사람들이 원하는 일을 하고 있는가. 그 일을 꾸준히 하고 있는가. 그럼 당신은 부자다.

나는 0을
생각한다

빵을 만드는 일이건
책을 만드는 일이건, 우리는 매일 똑같은 일을 반복한
다. 일의 속성이다. 일하고, 먹고, 자는 일로 하루가 지나
간다. 세월이 된다. 평범한 일상에서 우리는 생각하고 읽
는다.

'생각한다는 것'은 인생의 테마 찾기다. 일본의 사회학자
오사와 마사치는 생각이란 (1)매우 장기간에 걸쳐 사고
하는 것, (2)사건에 곧바로 반응해서 사고하는 것, (3) 그
중간의 시간 감각으로 사고하는 것으로 구분한다. 세 가
지 사고의 시간의 층위를 유기적으로 연결하는 것, 그것

이 '인생의 과제'라 했다.

자신이 거의 평생을 바쳐 사고해야 할 테마는 무엇일까? 평생의 사고는 뜻밖에도 10대 중반, 사춘기에 기본이 완성된다. 그 시간을 지나 어른이 되어 느끼는 세계와의 불화를 겪으며 평생의 사고 틀은 완성된다.

평생의 테마를 찾았다고 해서 생산적인 일로 연결시킬 수 없다. 중기 테마, 단기 테마로 전환해야 한다. 중기 테마는 1~3년에 완성할 수 있는 논문, 책, 프로젝트다. 나에겐 이 책이 중기 테마다. 미술가는 전시, 음악가는 공연이다. 단기 테마는 1년 미만의 작업, 수개월 혹은 한 달 만에 마감해야 한다. 일주일 기한이나 즉시 대응해야 하는 긴박한 일이다.

장기 테마는 언제 답이 나올지 알 수 없다. 답이라고 부를 수 있는 것이 있는지조차 알 수 없다. 그래서 어렵다. 그렇다고 해서 '답이 없어도 괜찮아'라고 생각하면 사고는 멈춘다. "답은 있어!" 처음부터 정해놓고 달려들어야 한다.

평생의 질문을 중기 혹은 단기로 전환해 재설정하는 이유는 생각을 멈추지 않기 위해서다. 사람들은 '일'을 고민한다. 어떤 일을 할 것인가, 지금 하는 일을 계속해야 하나 고민한다. 장기 테마로 접근해야 한다. 장기 테마는 누구도 도움을 줄 수 없다. '혼자' 하는 것이다. 그래서 누군가와 '함께' 중기-단기 테마를 해야 한다. 함께하는 '관계'에서 다양한 질문이 등장한다. 예상치 못했던 결과를 가져다준다.

'사고'에 관한 오사와 마사치의 이론에서 가장 좋았던 것은 '그렇다면 언제 사고하는가?'라는 질문이다. 대부분의 사람들은 사태-사건 후에 사고한다. 하지만 사태의 '한복판'에서 사고하는 사람이 평생의 테마를 완성할 수 있다.

사태의 한복판이란 사건이 일어나는 것과 '동시에' 사고를 진행하는 것이다. 사태의 한복판에서 '반복'되는 사건을 만난다. 매일 하는 일일 수도 있고, 계속해서 반복되는데도 보지 못하는 사건일 수도 있다. 그 반복되는 사건이 '본질'이다. 이미 지나간 것을 돌아보지 말자. 아직 오지 않은 일을 염려하지 말자. 지금 나에게 반복되는 일을 사고의 테마로 명확히 의식하자. 바로 이 순간을 사고할 때 우리의 삶은 조금 나아진다.

'무엇'이 '반복'되는지를 알아차려야 한다. 사건은 '나는 무엇무엇의 반복입니다'라고 목청을 높이지 않는다. 우리는 사건이 일어나는지도 모르고 살아간다. 오늘의 이 사건이 과거 그 사건의 반복임을 알아차리지 못한다. '반복'적인 '사건'을 인지하는 것, 그 속에 '본질'이 있음을 알아차리는 것. 인생의 법칙이다.

혼자 일하며 생각하는 일이 많아졌다. 양의 개념이 아니라 '혼자 있는 시간'의 질을 따진다. 내가 되기 위하여 일하고, 그 일을 통해 세상에 나아간다. 나는 단순하게 살고 싶다. 책을 읽다가 풍경을 보고, 풍경을 보다가 책을 읽고, 일을 하다가 커피를 마시고, 커피를 마시다가 일을 하고 싶다. 그러다보면 나만의 일이 보일 것이다.

그 일은
할 수 없습니다

　　　　　　　　　　혼자 일하니 일의
가짓수가 절대적으로 많아졌다. 회사에서는 누군가 도
와줄 일을 혼자 감당해야 한다. 그래서 일의 방식을 전면
적으로 돌아보았다. 핵심은 '시간 관리'다. 우선 '하지 않
는다'를 실천했다. 중요하지 않거나 형식적인 일을 제외시
켰다. 다른 사람의 부탁을 거절하지 못해 후회하는 일을
원천봉쇄했다. 쉽지 않았다. 그렇게 다짐했건만 어느 출
판사의 일을 병행하느라 1년을 허비했다. 일찌감치 '아니
다'라는 판단이 섰지만 정리하기까지 적지 않은 시간이
걸렸다. 지금도 후회한다.

스마트폰에서 지메일, 트위터, 페이스북을 지웠다. 스마트폰에서 서점 애플리케이션도 지웠다. 노트북에서 이메일과 SNS를 사용한다. 칭찬에 오버하지 않는다. 비방에 위축되지 않는다. 다른 사람에게 잘 보이려고 일하지 않는다. 판매지수, 별점, 댓글…… 평가를 무시하겠다는 것은 아니다. 그건 건방진 일이다. 타인의 의미 있는 지적에 자존심을 걸지 않는다. 실수나 실패에 변명하지 않는다. 변명은 꼴사나운 일이다.

애플리케이션을 삭제하고, 사람들의 부탁을 거절하는 것으로 본질을 끄집어낼 수 없다. 좀더 독해져야 한다. 우리는 원만한 인간관계를 위해 사람들을 챙긴다. 다른 이의 사정을 배려하고 일도 차질 없이 하려고 한다. 늘 쫓기는 기분이 든다. 공허하고 산만해진다. 이제 나는 일이 들어오면 그 일을 '할 수 없는' 이유를 찾는다. 나에게 주어진 시간과 자원을 고려해 '할지 말지'를 판단한다. 약속을 잡을 때는 '이때와 저때 중 언제가 좋을까요?'라고 상대에게 묻는다. 상대가 어느 일정을 잡아도 내 시간표를 해치지 않는다.

나의 하루는 여유롭다. 해야 할 일을 잊은 건 아닌지 점검할 정도로 일이 없다. 간섭받지 않는다. 시간을 마음대로 쓴다. 계획을 세우지 않는다. 다른 사람과 비교하지 않는다. 나를 인정해주는 사람을 만난다. 남는 시간에 운동하고, 커피를 마시고, 서점에 가고, 책을 읽고, 글을 쓴다. 나의 '마음'을 지킨다. 편안함과 무료함 사이, 그 사이가 '도道'라는 말을 조금은 알 것 같다.

나는 1인 출판사를 성장시키고 유지하는 중요한 일만 한다. 다른 일은 신경쓰지 않는다. 해야 할 일과 지켜야 할 것 사이에 나를 놓았다. 외부에서 들어오는 의무와 제안에 선을 긋는다. 모든 것을 다하려는 것, 모든 사람의 요청을 받아들이는 것을 중단할 때 중요한 일을 할 수 있다. '아니오'라는 말이 만병통치약이다.

일이 들어오면 '할 수 없는' 이유를 찾는다.

주어진 시간과 자원을 고려해 '할지 말지'를 판단한다.

상대가 어느 일정을 잡아도 내 시간표를 해치지 않는다.

1판 1쇄

회계 법인에서 '결산 보고서'를 보내왔다. 하지만 열어볼 생각이 없다. "드러난 숫자와 숨은 숫자를 동시에 보라"는 『사장 공부』를 쓴 산조 게야가 들으면 당장이라도 호통치겠지만, 작은 출판사에서의 숫자라는 게 그리 대단할 게 없다.

숫자를 보는 일을 낙으로 삼는 사람도 있지만, 나는 서점을 찾아 새로 나온 책을 살피고, 혹시 놓친 책은 없나 복기하는 것에서 재미를 느끼는 사람이다. 책을 만드는 것보다 다른 사람들이 만든 책을 읽는 재미가 커서 책을 안 만들었으면 하는 출판사 사장, 그것이 나의 정체다.

그래도 꾸역꾸역 책을 만드는 건 내 삶이 조금은 '구체적'이어야 한다는 삶의 의무에서다.

주말에는 사무실을 청소한다. 바닥을 쓸고 닦는다. 잡념이 사라진다. 화분에 물을 준다. 물을 주며 나지막이 말을 건넨다. 한 주 동안 잘 지냈느냐고, 잘 자라라고. 나무도 내 목소리를 듣는다고 믿는다.

주말에는 책장을 정리한다. 새 책이 나오면 '1판 1쇄' 인덱스를 책등에 붙인다. 책을 꽂으며 나지막이 말을 건넨다. 세상에 나오느라 고생했다고, 잘 팔리라고, 좋은 사람들의 책장에 놓이라고. 중쇄를 찍은 책은 '1판 ( )쇄'를 붙인다. 책을 꽂으며 조금 큰 소리로 말을 건넨다. 1쇄에 멈추지 않아서 고맙다고, 앞으로도 잘 팔리라고, 의미 있는 책이 되라고. 책도 내 목소리를 듣는다고, 나는 믿는다.

토요일에는 면도를 하지 않는다. 면도를 하지 않은 얼굴이 주말의 시그너처다. 책 몇 권과 주말판 신문을 들고 청소를 끝낸 사무실에 자리잡는다. 혼자만의 시간. 이 시간을 위해 한 주를 달린 느낌이다. 어느덧 오후 5시. 각자의 주말을 보낸 가족이 무엇을 먹을지를 상의한다. 메뉴 결정은 딸아이 몫. 그렇게 주말이 저문다.

'이렇게 적게 일해도 되나'라는 생각이 불쑥 찾아온다. 불안감일까. 게다가 나는 일신우일신日新又日新, 매일 새로워져야 한다고 배운 세대다. 북노마드를 알릴 겸 작은 서점을 할까, 카페와 원룸 호텔을 섞은 공간을 열까. 어떤 날은 부동산을 오가며 마땅한 곳을 수소문한다. 망원, 연남, 합정, 성수, 방배, 동부이촌동을 돌아다니다가 강원도 속초까지 다녀온 날도 있다.

그러나 책을 읽는 사람으로 남기로 했다. 오랜만에 나를 호출한 선배 덕분이다. 기이한 예술가로 살아가는 선배는 말이 거침없고 기묘하다. 하릴없이 노는 백수처럼 보이지만 의젓한 사업체를 거느리고 있다. 일을 철저히 자기 것으로 통제한 결과다. 발산역 갈빗집에서 한우암소갈비를 사주며 선배는 이렇게 말했다.

"동희야, 하고 싶은 것만 해라. '나'로 살라는 말이다!"

주말에는
카페에 가지 않는다

카페에 왔다.

스마트폰 세상은 성수동에 상륙한 '블루보틀'로 요란스럽지만 그곳에 구미가 당기지 않는다. 커피를 좋아하지만 몇 시간을 기다려 마시고 싶지는 않다. 내가 '어디'에서 '무엇'을 하는지가 중요해진 시대에 커피는 액세서리가 되었다. 사람들이 '뜨거운' 공간Hot Place을 실어나를 때마다 커피는 묽어진다.

주말엔 좀처럼 동네를 벗어나지 않는데, 오늘은 일이 있어 어쩔 수 없이 망원동까지 이동했다. 목동에서 망원으로 가는 길은 평일보다 더뎠다. 주말에 사람들과 시간과 공간을 함께하는 일은 끔찍하다. 그게 싫어서 혼자 일하고, 사람들과 반대 경로로 움직이건만 세상사 뜻대로 되지 않는다. 오늘만큼은 대기업에 다니며 글을 쓰는 작가의 주말에 나의 동선을 맞추기로 했다.

작가들을 내 삶의 자장으로 끌어들이기에 나는 능력 미달이다. 나를 거치지 않아도, 북노마드를 통하지 않아도 책을 낼 수 있는 작가들이 지천이다. 스마트한 젊은 편집자들, 젠더 시대를 풍요롭게 구성하는 작가들, 그들과 정서의 결을 공유하는 독자들 사이에서 책을 만드는 중년 남자는 경쟁력이 떨어진다. 빅데이터 전문가 송길영은 『상상하지 말라』에서 〈나 혼자 산다〉〈삼시세끼〉 등 남성들을 관찰한 프로그램이 인기를 끄는 이유는 전통적 남성성이 지식사회의 생산에 기여하는 바가 줄어들기 때문이라고 분석한다. 공감한다.

강남, 성수, 판교의 대지에 IT—디자인—브랜딩을 연결하는 시대에 변두리를 전전하는 1인 출판은 시대착오적이다. 현재진행형 문화인으로 살고 싶지만 점점 뒤처지는 나를 확인한다. 나는 그 당면 현실을 받아들인다. 시대를 따라가지 못하는 나의 무능에 일희일비하지 않는 것, 그것이 나의 일이다.

나이를 먹으며 '객관적'이라는 단어에 순종하게 된다. 나는 종교가 있다. 보이지 않는 것을 믿는 '믿음'이 있다. 그러나 '일'을 대하는 자세는 유물론적이다. 데이터를 구성하는 인과관계를 살핀다. 일상과 욕망의 변화를 있는 그대로 관찰한다. 있는 그대로를 객관적으로 받아들인다.

*

오프라인에서 처음 만난 작가와의 대화는 즐거웠다. 독자로서 감지했던 적절한 B급 정서를 편집자로 확인하는 시간이었다. 우리는 서로가 생각하는 책의 양감과 질감을 조율했다. 그 사이 카페를 점령한 사람들은 열심히 셀카를 찍었고, 젊은 연인들은 스마트폰에 심취했다. 그들에게 우정은 서로의 셀카를 칭송하는 것으로 보였고, 사랑은 스마트폰으로의 몰입을 방해하지 않는 것 같았다. 한바탕 셀카 시간이 지나자 잠시 고요해졌는데, 그 결과를 SNS에 소상히 남기는 듯했다. 일상의 시간이 스마트폰 화면의 열림과 닫힘으로 기획되고 구성되고 있었다.

그렇다고 그들의 소통 방식에 딴지를 거는 건 아니다. 그들은 분명 소통했을 것이고, 살아가는 데에도 문제없을 것이다. 스마트폰으로 메시지, SNS, 웹서핑, 쇼핑을 동시에 하고, 그것도 모자라 아이패드나 노트북에 다운로드받은 동영상을 보는 것이 '휴식'이 되었다. 그 변화를 부정하지 않는다. 그저 그 속에 동화되지 못하는 나를 객관적으로 받아들일 뿐이다. 앞으로 주말에는 카페에 가지 않아야겠다고 다짐할 뿐이다. 진정, 그것뿐이다.

그만두었습니다

겸직했던 미술대학 강사 일을 그만두었다. 2019년 여름이었다. 서른두 살부터 오십을 앞둔 나이까지 해온 일이지만 그만두기로 했다. 별다른 이유는 없다. 일을 줄이고 싶었다.

그만두는 과정은 심플했다. 인사 행정을 책임지는 교수께 말씀드리고, 조교에게 카카오톡으로 사직서를 보냈다. 끝! 대학의 사직서 양식은 촌스러웠다. 다시 만들어주고 싶었다. 그러나 미니멀&스마트에 위배되는 일. 쓸데없는 일에 힘을 빼서는 안 된다.

강의를 그만두면 겁나게 섭섭할 줄 알았는데 아무렇지

않았다. 싱거웠다. 세상이 달라보이지도 않았다. 아무튼 '시간'이 생겼다. 그 시간만큼 글을 쓰기로 했다. 글을 쓰는 건 어려운 일이다. 하루하루, 차근차근 집중해야 한다. 집중의 시작은 버리는 것이다.

그렇다고 나의 사직서가 작가의 길을 걷겠다는 선언은 아니다. 세상에 1도 영향을 미치지 못하는 주제에 비장함은 건강에 해롭다. 글쓰기에 인생을 걸 만한 재능과 용기도 없다. 『지극히 작은 농장 일기』를 쓴 일본의 소설가 오기와라 히로시는 '아이디어를 어떻게 만들어내세요?'라는 질문에 "맑게 갠 날 심야에 창문에서 고개를 쑥 내밀고 우주에서 전파가 내려오길 기다립니다"라는 농담으로 대신한다. 세상에서 가장 무서운 농담이다.

나는 글을 쓰는 일로 생활을 꾸리고 싶은 마음이 없다. 전업 작가라는 직업을 꿈꾸지 않는다. 먹고살기 위해 이 출판사 저 출판사와 계약을 맺고, 이곳저곳에 글을 기고하고, 이 책 저 책을 내는 일은 섹시하지 않다. 매일 정해진 루틴으로 글을 쓰는 것을 자랑하는 이도 있지만, 나는 조금은 비정상적인 자의 글을 읽고 싶다. 범접할 수 없는 천재성, 확연히 다른 가치관, 다른 시공간을 살아간

자의 글에 지갑을 열고 싶다. 어떻게든 일상을 벗어난 글로 책을 묶고 싶다. 서울 서교동 어느 카페에서 쓴 이 글은 예외로 치고.

어디에서
일하세요?

혼자 일하는 것은 쉽지 않다. 혼자서 계획하고 준비하고 실천해야 한다. 모레 일을 까맣게 잊어도, 어제 일을 오늘 하지 않아도, 오늘 일을 내일로 미뤄도 누구도 뭐라 하지 않는다. 일을 성과 있게 마무리해도 누구도 칭찬하지 않는다. '그' 일을 매일 해야 한다.

그러다보니 스스로 면죄부를 준다. 출근하지 않아도 되니까 진짜로 출근하지 않는다. 나를 불편하게 하는 일을 멀리한다. 그래서 공간이 필요하다. 일하는 공간이 있어야 스스로를 통제할 수 있다.

사무실에 '투자'하라는 건 아니다. 사무실에 들어가는 비용은 최소화해야 한다. 보증금을 최대한 낮추고 월세로 계약하는 게 낫다. 집과 사무실의 거리도 중요하다. 너무 가까우면 집에서 일하는 게 낫고, 너무 멀면 직장인과 다를 게 없다.

나는 집에서 걸어서 15분 거리의 아파트 상가 1층 다섯 평짜리 사무실에서 일한다. 작아서 청소도 간단하다. 월 35만 원. 부담이 없다. 간판도 없어서 주민들에게는 개인 작업실로 알려져 있다.

사무실 삼면은 을지로 '동명앵글'에서 앵글 책장을 맞췄다. 조립식이라 언제든지 버릴 수 있다. 책상, 의자, 노트북, 조명을 제외한 다른 시설에 돈을 쓰지 않았다. 냉장고를 버렸다. 쓸데없는 간식을 쟁여두지 않는다. 정수기도 없앴다. 사무실이 작아서 다른 것을 사들일 욕망이 원천 봉쇄된다.

지금의 사무실 선택 기준은 통유리창이다. 블라인드를 올리면 환한 햇볕이 들어온다. 블라인드의 수평과 수직이 그늘의 농담을 조절한다. 문을 열면 바람이 들어온다. 밖으로 나가면 30년 넘은 수목들이 울창하다. 나무 아래 벤치에서 커피를 마신다. 어떤 날은 얼음 잔에 맥주를 마신다. 차분해진다. 일할 마음이 생긴다.

사무실에 들어가면 턴테이블을 틀고 스탠드를 켠다. 좀처럼 형광등을 켜지 않는다. 아름다움의 조건은 어둠이다. 다소곳한 조명 아래 키스 재럿, 팻 메시니, 브래드 멜다우의 연주를 듣는다. 음악적 취향이 특별하진 않다. 글과 말에 얽매인 직업이라 멜로디와 리듬만으로 구성된 재즈가 좋다. 형식에 얽매이지 않는 자유가 좋다.

빈약한 LP 리스트에 없는 연주는 유튜브에 의지한다. 찰리 파커의 색소폰, 디지 길레스피의 트럼펫, 셀로니어스 멍크의 피아노를 듣는다. 연주가 기막히다는 이유로 빅밴드에서 쫓겨난 흑인 연주자들이다. 1950년대 초반, 작은 술집에서 소규모 악단이 연주하는 '모던 재즈'가 이들의 손끝에서 탄생했다. '모던'이라는 말은 언제 들어도 근사하다. 모던하다.

위스키를 꺼낸다. 책장 한구석에 위스키를 구비해두었다. 글랜피딕, 발베니, 산토리, 맥켈란, 제임슨이 놓여 있다. 혼자 하는 술자리에 소음은 없다. 틈틈이 모은 젊은 미술가들의 소품을 응시한다. 유화도 있고 드로잉도 있고 사진도 있다. 미술가의 손이 닿으면 특별한 물건이 된다. 미술이 들어간 공간은 특별한 공간이 된다. 나의 유일한 사치다. 음악이 멈추면 일을 시작한다. 일할 때는 음악을 듣지 않는다. 적은 시간 일하는 만큼 집중한다. 일하는 시간이 있으니까 노는 시간도 즐거운 것이다.

누구나 일하는 공간을 갖고 있다. 공유 오피스에서 일하는 사람도 있고 집에서 일하는 사람도 있다. 하지만 일하는 공간은 '따로' 있어야 한다. 내가 좋아하는 최소한의 물건이 놓인 공간은 삼시 세끼만큼 중요하다.

마포의 한 건물 지하에서 커피, 음악, 책을 향유하는 문화인 김갑수는 '작업실, 그래야만 하는가?'라는 질문에 '그래야만 한다!'라고 답한다. 단호하다. 남들이 땀흘려 일할 때, 회의를 하고 물건을 팔고 공문서를 작성하는 시간에 지하 작업실에서 뒹굴거리며 원두를 갈아 커피를 내리고 LP의 면을 뒤집어보아야 한다고 강권한다.

집에서 가까운 곳에서 일하는 것이 큰 욕심은 아닐 것이다. 일하지 않아도 머물고 싶은 공간. 나는 사람들이 그런 공간을 갖기를 원한다. 피난처 같은 곳, 휴식처 같은 곳. 그건 그다지 어려운 일이 아니다.

사람을 멀리한다

나 혼자 일하며 서울 망원역 인근에 사무실을 차렸었다. 이른바 업종이라는 게 있다. 문래동에는 철강 단지가, 논현동에는 가구 거리가, 판교에는 테크노밸리가 있다. 내가 몸담고 있는 출판은 파주와 홍대가 중심이다. 망원에 사무실을 차린 것역시 출판사들이 모여 있다는 이유가 컸다. 혼자 일하며 생길 수밖에 없는 적요함을 차단하고 싶었다. 그러나 달라지는 건 없었다. 각자도생. 출판사가 지척에 있다고 해서 나의 출판이 나아지지 않는다. 오히려 약속만 늘었다. 가까운 곳에 있으니 '밥 한번 먹자'는 말을 거절할 수 없었다. 선배를 배려하고 후배를 챙겼다. 약속마다 시간과 돈이 들어갔다.

한동안 식사를 함께한 선배 출판인이 있었다. 그는 늘 자기 출판사 이야기를 했다. 출판계 사람들을 품평했다. 그의 이야기를 들으며 다른 자리에서 나는 어떻게 이야기될까 궁금했다. 피곤했다. 불편했다. 그래도 참았다. 방법을 찾아야 했다. 선을 넘는 사람과 시간을 낭비하는 건 아까운 일이다. 출판사 위치를 옮겼다. 사무실을 옮겼을 뿐인데 쓸데없는 약속이 줄었다. 만족스럽다.

먹는 건 중요하다. 먹고살자고 하는 일이다. 그래도 사활을 거는 건 곤란하다. '배고파'를 입에 달고 사는 사람, 밥집 유랑을 SNS에 의존하는 사람, 자기가 먹고 싶은 메뉴를 전투적으로 사수하는 사람을 멀리한다. 피곤하다. 차라리 혼자 먹는다. 그렇다고 아무거나 먹지 않는다. 적어도 한 끼는 나를 위한 메뉴를 고심한다. 내 '몸'이 원하는 메뉴를 '본능'으로 검색한다.

하얀 쌀밥이 당기면 중국집 '진진'에서 어향가지에 공깃밥을 주문한다. 칭다오를 곁들인다. 나 홀로 식사에 최적은 국밥이다. 망원동, 용문시장, 삼각지, 후암동…… 서울 여기저기 국밥집을 찾는다. 기사식당에서 고추장불고기

나 생선구이를 먹는다. 작정하고 혼자 고기를 굽는 날도 있다. 혼자 먹어서 근사한 메뉴를 선택해도 경제적 부담이 크지 않다.

제철 음식을 챙긴다. 봄날엔 미더덕, 주꾸미를 찾는다. 3월 첫 주 통영을 찾아 도다리쑥국으로 아침을 먹고, 진주에서 육회비빔밥으로 점심을 먹는다. 하동에서 하룻밤 묵고 쌍계사에서 아침을 보낸다. 오후에는 섬진강을 걸으며 매화를 만끽하고 광양 불고기로 저녁을 마무리한다. 여름엔 병어, 장어, 민어로 보양한다. 가을 전어는 그다지 즐기지 않는다. 나의 가을 식도락은 꽁치, 고등어, 갈치, 낙지다. 날이 추워지면 굴이다. 후루룩. 속초는 추울 때 찾아도 좋다. 동아서점을 찍고 동명항에서 양미리를 굽는다. 겨울은 방어다. 좋은 곳에서 넉넉히 시간을 들여 참치와 방어를 먹는다. 제철 음식은 재료다. 한 가지 일이 만 가지 일이다. 제철 음식은 재료와 요리 사이에 간극이 적다. 제철의 재료는 레시피를 초월한다. 제철 음식은 계절의 흐름을 확인시켜준다. 동시에 시간이 지나는 것을 잊게 해준다.

먹는 이야기가 길어졌다. 혼자 일하는 사람에게 중요한

것은 사람과 적절한 거리를 유지하는 일이다. 가까이하기도 어렵고 멀리하기도 어려운 관계가 낫다. 나이들며 가치관이 다른 사람을 이해하는 데 힘을 쏟지 않는다. 젊은 사람을 멀리한다. 젊은 사람과 일의 관계를 거의 맺지 않는다. 세대 간극을 극복할 용기가 내겐 없다. 그들을 응원한다는 겉치레도 하지 않는다. 그들을 방해하지 않는 것. 그들을 위하는 나의 매너다.

나이를
먹는다는 것

"나이가 들면서 자꾸만 과거를 뒤돌아보게 된다. 욕심부리지 마라. 겸손하게 살아라. 부자든 가난한 자든 한 끼 먹는 건 같다." 대기업 최고경영자가 자신의 회사 일용직 사원으로 취업하여 몰래카메라 형식으로 진행되는 예능 〈언더커버 보스〉 속 CEO의 말이다. 울컥.

나이를 먹는다는 것은 할 수 있는 일이 별로 없음을 깨닫는 일이다. 내가 하는 일이 그다지 의미 없음을 아는 일이다. 가까운 사람들이 건네는 '좋은 말'이 인사치레임을 아는 일이다. 아무런 방책 없이 하루하루를 보내는 일, 쓸쓸함을 받아들이는 일. 그것이 나이를 먹는 일이다. 그쯤 되면 하루 끝이 고단하지도 않다. 헛헛하다고 할까.

하루의 대부분을 읽고 쓰고 강의한다. 나에게 읽는 것은 '일'이 아니다. 그것은 아무것도 하지 않는 것이다. 신체를 크게 움직이지 않아도 되는 일, 시간 낭비로 여겨지지 않는 일, 그것이 읽는 일이다.

책을 읽는 건 사람들을 멀리하는 일이다. 여러 사람들이 모여 책을 읽는 모임도 있다지만, 나에게 책은 홀로 읽는 것이다. 책을 읽는 일이 좋은 이유다. 책을 읽기 위해 '혼자'를 자처한다. 혼자 있는 것만으로도, 혼자 생각하는 것만으로도 삶은 풍요로워진다. 나밖에 없다는 비어 있음이 이내 충만해지는 것. 그것이 책을 읽는 일이다. 그것이 혼자 있는 일이다.

혼자 일하며 사람'들'이 그다지 필요 없음을 알게 된다. 가까운 한 사람 혹은 몇 사람만으로도 충분하다. 드라마를 보라. 드라마는 주인공(들)의 이야기로 채워진다. 최소한의 사람으로 이루어질 때 드라마틱한 인생이 만들어진다. 한 사람을 클로즈업할 때 드라마가 된다.

이제 나는 사람'들'이 떨어져나가는 것을 두려워하지 않는다. 가족이든, 친구든, 혹은 그 누구든.

나밖에 없다는 비어 있음이 이내 충만해지는 것.
그것이 책을 읽는 일이다.
혼자 있는 일이다.

너무
움직이지 마라

아침 알람은 오전 9시. 어쩌다 새벽에 눈이 떠지면 글을 쓰고 갓 배달된 신문을 읽는다. 아침 뉴스를 보고 도서 주문을 처리한다. 모닝커피를 마시고 아점을 먹고 집을 나선다. 종일 혼자다. 가급적 약속을 잡지 않는다. 약속을 잡지 않아도 해야 할 일과 만나야 할 사람은 생긴다. 일의 법칙이다. 그래서 허튼 약속을 만들지 않는다.

약속이 없는 날은 사무실에서 꼼지락거린다. 사무실에 도착하면 문을 열어 환기시킨다. 여름에는 에어컨을, 겨울에는 난방기를 켠다. 턴테이블을 작동시켜 음악이 흐르게 하고 나무 아래 벤치에 앉는다. 커피를 마신다. 집에서도 쉬었는데 사무실에서도 쉰다. 쉬는 게 좋다. 일을 애써 찾지 않는다. 어떻게 하면 일하지 않을까를 고민한다. 마땅한 일이 없으면 책을 읽는다. 날이 좋으면 공원을 걷는다. 하나! 둘! 셋! 넷! 씩씩하게 더 밝게 더 경쾌하게, 둘! 둘! 셋! 넷! 튼튼하게 아주 조금 더 기운차게 걷고 싶지만…… 느긋하게 걷는다. 나를 따라오는 시원한 바람을 느낀다. 아무도 돌보지 않지만 건강하게 흔들리는 나무들이 최고의 오후를 안겨준다. 최종 목적지는 동네 서점. 서점에 갈 때마다 한 권은 사서 나온다. 책을 만드는 자의 태도다.

날씨가 유난히 선명한 날은 이 핑계 저 핑계로 멀리 나간다. 드라이브를 하거나 카페를 찾는다. 계절이 지나는 하늘을 올려다본다. 혼자 저녁을 먹는다. 시시한 메뉴는 사절. 아침에 사과 두 쪽과 모닝커피, 아점으로 닭가슴살과 고구마를 먹기에 저녁은 제대로 챙긴다. 5~6시에 식당을 찾으면 붐비지 않는다. 반주는 필수. 음식의 풍미를 돋는 애피타이저다. 과식은 금물. 식사는 70퍼센트에서 멈춘다.

식사를 마치고 헬스장을 찾는다. 스트레칭으로 몸을 풀

고, 1시간 러닝머신을 달리며 JTBC 〈뉴스룸〉을 본다. 근력 운동으로 마무리한다. 집에 돌아와 줄넘기를 한다.

강의가 있는 날은 강의를 준비한다. 카페에서 책을 읽는다. 지방에 강의가 있으면 새벽에 집을 나선다. 아침에 도착해 스타벅스를 찾는다. 어디를 가나 균일하니까. 커피와 크루아상을 먹으며 신문을 읽는다. 어디에서든 도서 주문은 필수. 주문이 돈이다! 강의 전에는 먹지 않는다. 속을 비운다. 대신 강의를 마치면 지역의 이름난 식당을 찾는다. 특별한 일정이 없으면 그 도시에 머문다. 가까운 사찰을 찾는다. 마음을 씻는다.

한번은 청주에서 강의를 마치고 서울로 이동했다가 낭패를 보았다. 퇴근길과 겹쳐 도로에서 옴짝달싹하지 못했다. 확실히 깨달았다. 너무 움직이지 마라! 이제 나는 지방 강의를 여행처럼 보낸다.

일정이 있는 날은 당연히 사람을 만난다. 인쇄 감리를 위해 파주출판도시를 찾으면 지인들에게 얼굴을 비춘다. 출판 동향을 엿듣고 안부를 나눈다. 따끈따끈한 새 책을 받는다. 저자 미팅은 최소화한다. 저자에 올인하지 않는다. 이메일과 카톡으로 의견을 나눈다. 실력 있는 편집자, 디자이너와 정성껏 책을 만들고, 계약 관리를 정직하게 하는 것으로 소임을 다한다.

사무실에 있든지 카페를 찾든지 강의를 하든지, 나의 일은 읽기와 쓰기와 말하기다. 그 행위가 온전히 나에게 귀결되는 일. 그런 일을 하며 돈을 벌어서 좋다. 이만하면 충분하다.

일의 기본,
나만의 기본

　　　　　　　　　　　　　　　혼자 일하며 일상의
리듬이 바뀌었다. 평일과 주말을 구분하지 않게 되었다.
마음에 따라 평일에 여행을 떠나고, 상황에 따라 주말에
도 일한다. 아무것도 하지 않는 날이 있고 새벽까지 일
하는 날도 있다.

계속 버리고 있다. 혼자 일하며 각각 존재했던 책을 만
드는 공간, 강의하는 공간, 전시 공간을 하나로 모았다.
4개 공간의 책들을 '책썸'이라는 이름의 '팝업' 책방을
만들어 처분했다. 2,381권의 책들이 다른 사람의 책장에
꽂혔다. 북노마드 책도 정리했다. 내가 기획하지 않은 책,

인간관계로 만든 책, 계약이 지난 외서를 폐기시켰다. 재고 중 18,000여 권을 없앴다.

베란다를 정리했다. 침대와 책장, 장식장을 버렸다. 창고에 쟁여둔 잡지를 정리했다. 영화주간지 《씨네21》은 다시 읽고 싶은 호를 제외하고 모두 버렸다. 표지와 목차를 일일이 살펴보느라 시간이 제법 걸렸다. 배두나는 그때나 지금이나 여전히 같은 이미지다. 국정농단의 주역 차은택은 잘나가는 CF 감독으로 집중 소개되고 있었다. 옛날이야기다.

《필름2.0》은 '장국영 추모 특별호'를 제외하고 모두 버렸다. 《KINO》는 살아남았다. 《이매진》 창간호(1996년)와 국내 최초의 페미니즘 잡지 《if》도 남겨놓았다. 《문화과학》과 《인물과사상》은 모두 버렸다. 강준만과 필진들이 원했던 세상은 얼마나 이루어졌을까. 박원순은 서울시장이 되었고, 개혁당의 유시민은 〈알쓸신잡〉으로 돌아갔다. 《현대문학》 등 문예계간지도 모두 버렸다. 2000년 1월호를 맞아 주목받았던 '젊은' 시인 가운데 손택수와 문태준만 의미 있는 모습으로 생존해 있었다. 시를 쓰던 권혁웅은 시와 문학을 논하는 자로 옮겨갔다.

사무실 삼면을 바닥부터 천장까지 앵글 책장으로 올렸

는데 금세 지저분해졌다. 책을 만드는 사람인지 책을 모으는 사람인지 모르겠다. 매일매일 버려야 한다. 버릴 것도 확실히, 남길 것도 확실히.

아무것도 하지 않는 날에는 '청소'를 한다. 주말에도 청소를 한다. 쓸고 닦는다. 책상을 정리하고 아이맥과 맥북을 닦는다. 지난 서류를 정리한다. 뒷면이 깨끗한 종이는 팩스 용지로 재사용한다. 청소의 핵심은 책장 정리. 책을 가지런히 정리하고 책장을 닦는다. 컵을 씻는다. 선반에 놓인 애장품을 마른걸레로 닦는다. 오스트리아 벼룩시장에서 건너온 빈티지 잔, 시애틀 스타벅스 1호점 텀블러, 구형 IBM 싱크패드 노트북, 라이카 수동식 환등기를 정성껏 닦는다.

*

나는 일의 공간을 깨끗이 정돈하지 않는 사람을 신뢰하지 않는다. 일의 공간을 소홀하게 여기는 사람은 일도 마찬가지일 거라고 짐작한다. 편견이어도 상관없다. 강원도 정선에서의 산촌생활을 그린 〈삼시세끼 산촌편〉을 좋아한다. 염정아, 윤세아, 박소담의 손발 맞는 호흡과 끊임없이 움직이는 '구슬땀 케미'가 좋다. 밥을 지어 먹고 사는 곳을 적극적으로 고치고, 맛있는 식탁을 차리기 위해 감자를 캐고, 배추 모종을 심고, 요리와 설거지가 동시에 이루어지는 일의 '합슴'에 미소 짓는다.

청소는 일의 기본이다. 청소는 남는 시간에 하는 게 아니다. 일의 시작이자 마무리다. 잡지 《생활의수첩》 편집장을 지낸 마쓰우라 야타로의 말이 들려온다. 일이란 생활이고 생활이 일이다! 삶의 기본은 일상을 챙기는 것이다. 요리, 청소, 원예 등 생활의 기본을 지키는 것은 나를 돌아보는 것이다. '나다움'을 찾는 것이다.

왜
1인 출판이에요?

그런데 왜 출판이에요?
누군가 물어올 것 같다. 물음의 의도를 알기에(누가 책을
읽는다고? 그걸로 먹고살 수 있나요?) 잠시 멈칫한다.

왜 1인 출판이에요?

1인 출판사를 시작하며 나 역시 질문을 던져보았다. 점
점 책을 읽지 않는 세상, 인구 감소로 미래의 독자마저
사라지는 현실에 출판이라니. 등록된 출판사는 6만 개
가 넘고, 하루 200종, 1년에 8만 종이 넘는 새 책이 쏟아

지는 터프한 일을 하겠다니. 그것도 혼자서!

왜일까? 나도 궁금하다. 책이 좋아서, 지적 욕망을 갈구해서, 문화적 인간으로 살고 싶어서, 라고 퉁치고 싶지만…… 이 말밖에 할 수 없다.

살다보니 그렇게 되었습니다.

진짜다. 아무리 생각해도 이것뿐이다. 삶이란 그런 것이다. 인생은 내가 굴러가주었으면 하는 방향으로 흐르지 않는다. 나는 무엇을 하고 싶다거나, 어떤 사람이 되고 싶다는 구체적인 목표를 가지지 않았다. 삶을 의식적으로 살지 못했다. 성적에 맞춰 대학에 가고, 나를 뽑아준 회사에서 일하다보니 '이렇게' 되었다. 그렇게 20여 년이 흘렀다.

물론 적성을 고려해 전공을 골랐고, 능력의 한계를 감안해 나를 뽑을 것 같은 회사에 들이댔다. 최선을 다했다. 그렇다고 불굴의 노력을 기울이지는 않았다. 반드시, 기필코 같은 단어는 불경스럽다. 입에 담지 않는다. 미술기자로 일하고, 편집자로 일한 나에게 다른 선택지는 없었다. 어느 순간에 내가 책 만드는 일을 해야겠다고 생각했는지 기억나지 않는다. 미술기자를 했을 때에도, 대학에서 강의를 했을 때에도, 1인 출판사를 운영하는 지금도 마찬가지다. 1990년대에 대학을 다녔던 이들이 그랬듯이, 2000년대에 일하며 30대를 보냈던 이들이 그랬듯이, 2010년대에 40대로 늙어가는 이들이 그랬듯이 그냥 살아왔다. 주어진 일을 받아들였다. 무리하지 않았다. 도리에 순종했다. 순리順理! 그 당연한 이치를 담담히 받아들였다.

나는 책과 미술을 광적으로 좋아하는 사람이 아니다. 특별히 좋아하는 게 없다. 당연히 싫어하는 것도 없다. 한 감독을 통해 영화를 바라보고, 한 작가를 통해 미술을 바라보고, 한 뮤지션을 통해 음악을 바라보지 않는다. 이 영화는 이래서 좋고, 이 작품은 이래서 좋고, 이 음악은 이래서 좋다. 선택과 집중이라는 분명한 전략으로 삶을 일구는 사람들을 동경한다. 어느 특정한 날 어떤 일을 하는 사람이 되기로 결심했다는 사람, 누구를 오마주 삼아 그 일을 하겠다고 결정했다는 사람이 부럽다.

그래도 정성껏 살았다. 나는 매일 서너 개의 전시와 한두 편의 영화를 보았다. 사람에게 진심을 다했다. 그 시절의 나는 누구였을까. 내가 좋아하는 일을 한다고 생각하며 만족했을까. 내가 잘할 수 있는 일이라고 확신했을까. 분명 미술과 책의 세계로 나를 이끈 무엇이 있었을 텐데 기억나지 않는다. 부지불식간에 여기까지 오게 되었다.

결과적으로 다행이라는 생각이 든다. 누가 시켜서 일하는 게 아니어서 짜증나지 않는다. 혼자 일하는 만큼 불합리한 부분은 즉각 수정할 수 있다. 영 아니다 싶으면 안 해도 된다. 가장 잘할 수 있는 일은 아니지만 혼자 전체 과정을 조율할 정도는 된다. 시장 환경이 요구하는 적절한 기획을 하거나 책의 완성도가 괜찮다면 독자들이 지갑을 연다. 제조 인프라(인쇄, 제본)와 유통 인프라(서점)가 잘 되어 있다. 매번 새 책을 독자에게 소개할 수 있어서 브랜드의 피로감을 최소화할 수 있다. 이 정도면 나쁘지 않다.

1인 출판은
작지 않아요

1인 출판을 잘못 이해하는 사람들이 있다. 가내수공업 정도의 영세한 일로 간주한다. 작가가 돈을 대는 자비 출판을 대행한다고 여긴다. 그런 출판사도 있다. 그러나 나에게 1인 출판은 '나'에게 가치 있는 책을 '스스로' 기획하고 만드는 일이다. 편집자라면 누구나 자기 목소리가 배어 있는 책을 만들고 싶어한다. 가치 있는 목소리를 발신하는 저자를 찾아 원고를 편집하고 책을 팔고 싶어한다. 누구나 만드는 책, 다른 출판사에서 만든 책, 시장에서 인정받은 책과 일정한 간격을 두고 싶다.

아무래도 여러 사람이 함께 일하는 출판사에서는 자기 목소리를 내기가 힘들다. 대표의 목소리, 편집장의 목소리, 동료의 목소리가 소음으로 들린다. '이렇게 만들라'는 지시, 제안, 권유에 휘둘린다. 결국 책을 만드는 일인데! 다른 목소리를 존중하지만 내 목소리에 애정을 싣고 싶은 마음. 그 마음으로 책을 만드는 것이 1인 출판이다.

1인 출판이라고 해서 영세하라는 법은 없다. 목소리가 세상의 흐름에 부합하면 잘 팔리는 상품이 된다. 생산성, 효율, 평판, 의미, 매출, 순익이 적지 않은 곳도 많다. 1인 출판은 혼자서 출판에 관여하고, 대형 출판사는 관여하는 사람들이 많을 뿐이다. 규모 문제다. 이 지점이 갈림길이다. 히트 상품을 내면 몸집을 키운다. 회사로 '복귀' 한다. 좋은 회사는 없다. 큰 회사와 작은 회사만 있을 뿐이다. 회사는 회사다. 회사는 시장원리에 승복해야 한다. 다시 회사가 되면 '소수파'의 태도는 사라진다. 결국 태도다. 무엇을 기준으로 삼느냐, 무엇을 좇느냐. 나의 의지로 대체 불가능한 존재가 될 것이냐. 타인의 의지로 대체 가능한 존재가 될 것이냐.

1인 출판이라는 용어는 중요하지 않다. 일과 삶에서 소수파를 감내하는 태도attitude가 중요하다.

나는 마이너스
출판을 한다

불투명한 시대다. 분야와 분야, 장르와 장르, 세대와 세대의 구분이 모호해졌다. 새로운 관계를 만들어가야 한다. 지금까지의 가치관을 다르게 살펴야 한다. 몸과 마음을 치료하며 일상을 재배치했다. 가치관에 변화가 따랐다. '마이너스' 가치에 눈을 떴다.

일반적으로 마이너스는 부정의 의미가 크지만 나의 마이너스는 다르다. 세상은 불안정하다. 모두가 열심히 일한다. 나의 능력으로는 역부족인 일을 (알면서도) 한다. 하지 않아도 되는 일을 자청한다. 다른 사람을 흉내낸다.

나도 성장을 추구했다. 되돌아보니 그건 플러스가 아니었다. 결국 몸에 탈이 났다. 무리하지 않기로 했다. 혼자일하기로 했다. 지금까지는 다른 사람이 시킨 일을 했다면 이제부터는 나에게 일을 제안하기로 했다. 우선 일하는 시간을 줄였다. 가동률을 낮췄다. 이제 나는 적게 만든다. 억지로 만들지 않는다. 억지로 팔지 않는다. 나머지시간을 알차게 쓴다. 책을 읽고 공부하고 운동한다.

혼자 일하며 '반드시 어떻게 해야 한다'는 고집을 버렸다. 그때그때 상황에 맞춰 생각하고 판단한다. 협력하는사람들의 생각을 받아들인다. 결정을 번복하는 데 개의치 않는다. 비교하지 않는다. 다른 출판사와 비교하지 않는다. 내가 만든 책과 다른 사람이 만든 책을 비교하지않는다. 형식을 신경쓰지 않는다. 계획을 무리하게 세우지 않는다.

나는 평범하다. 그러나 그 일을 매일 한다면 이야기가 달라질 것이다. 10년 후, 20년 후에도 책을 만들고 있다면결과적으로 나는 특별한 사람이 되어 있을 것이다. 그러니 특별한 일을 하려고 애쓰지 않아도 된다. 평범함을 지속 가능하게 지키면 된다. 능력의 범위에서 최선을 다하는 것. 나의 '마이너스'다.

아사오 하루밍의 『3시의 나』라는 책이 있다. 오후 3시의 일상을 365일 쓰고 그렸다. 지속 가능의 의미를 심드렁하게 보여주는 작가의 '혼자 살이'가 심쿵하다. 매일의 오후 3시 일상은 사소하지만 그 궤적을 따라가면 저절로 의미가 생성된다.

뮤지션 오지은의 『홋카이도 보통열차』도 그런 책이다. 오지은은 여름 홋카이도에서 보통열차를 탔다. 열차 여행에는 최종 목적지가 없다. 열차를 타고 내리는 행위에 여행의 의미가 있다. 열차가 출발한다. 느리게 철길을 달린다. 속도를 내서 달리는 건 그냥 통과하는 것이다. 놓치는 것들이 많다. 바깥 풍경에 설레지만 어두운 터널을 지날 때도 있다. 느리게 달리는 것이 제대로 달리는 것이다. 걱정하지 않아도 된다. 그래도 움직이니까. 결국 열차는 어두운 터널을 빠져나갈 테니까, 원래 자리로 돌아갈 테니까.

새옹지마다. 화가 복이 되기도 하고, 복은 다시 화로 변한다. 인생무상이다. 무상無常은 형체가 없다. 애당초 붙잡을 게 없다. 무상은 '아니카anicca'라는 말에서 나왔다. '니카(고정되어 있음)'에 반대말 접두사 '아a'를 붙였다. 끈

적거리지 말라는 것이다. 달라붙지 말라는 것이다. 영구적인 것은 없다는 것이다. 모든 것이 끊임없이 움직이고 바뀐다는 것이다.

책을 만든다. 팔리는 책이 있고, 팔리지 않는 책도 있다. 모두에게 인정받을 수 없다. 꼭 뛰어나지 않아도 괜찮다. 일희일비하지 않는다. 팔리지 않아도 상심하지 않고 팔려도 오버하지 않는다. 평정심이다. 언젠가 터널을 벗어날 북노마드라는 열차를 타고 있을 뿐이다.

세상을 바라보는
독특한 방식

간혹 일의 원칙에
관한 질문을 받는다. 그때마다 억지웃음으로 넘긴다. 책
을 만드는 일에 확고한 생각이나 계획은 처음부터 없었
다. 지금도 없고 앞으로도 없을 것이다. 나는 그저 편집
과 디자인에 흥미를 가진 '책의 엔지니어'다.

출판계를 둘러보면 좋은 출판인이 많다. 탁월한 베스트
셀러 제조기, 꼼꼼한 교정 교열, 작가와의 원활한 관계,
편집과 마케팅을 아우르는 다재다능함, 출판에 대한 굳
은 신념…… 이웃 나라 일본에서도 편집자의 활약은 눈
부시다. '편집에 기술 같은 것은 없다'고 일갈하는 40년

차 프리랜서 편집자 쓰즈키 쿄이치, '대화'를 바탕으로 편집과 크리에이티브 영역을 넘나드는 스가쓰게 마사노부, 2017년 출판사를 설립해 1년 만에 100만 부를 팔아치운 '천재 편집자' 미노와 고스케의 소식이 들려온다. 그 틈바구니에서 나는 책을 만드는 과정에 관심 있는 평범한 편집자일 뿐이다.

출판사도 회사여서 기획회의나 시장조사를 한다. 그러나 1인 출판사 북노마드는 기획회의가 없다. 정해진 방향이나 치밀한 계획이 없다. 무계획이 나의 계획이다.

계획은 어리석은 단어다. 계획이라는 말에는 오류가 있다. 우리는 계획할 때 정보를 찾고 입력하고 나열하고 배열한다. 그것은 추측일 뿐, 실질적인 정보는 일하는 과정에서 얻는다. 일하며 계획은 수정된다. 세상은 내가 통제할 수 없는 것투성이다. 나의 감각과 취향을 모두가 좋아하지 않는다. 신념, 직감, 영감은 오만한 단어다. 나의 일은 지금 만드는 '이' 책이 '이런' 책이 되겠지 추측할 뿐이다. 계획하느니 당장 하는 게 낫다.

넓게 바라본다. 시대를 공부한다. 일의 지형도를 헤아린다. 일하는 내가 시간의 흐름 속 어디쯤 있는지 살핀다. 좁게 파고든다. 나의 직감을 조건에 대입한다. '소여所與'

라는 말이 있다. 사고의 전제를 뜻한다. 여건이라고도 한다. 영어로는 'Given Data'다. 즉, 조건이란 주어진 정보를 학습하는 것이다. 정보의 명령을 무조건 따르지 않아도 된다. 그래도 정보를 판단하는 힘은 필요하다.

책을 만드는 일은 인간적인, 너무나 인간적인 일이다. 나의 일의 조건이다. 내가 이 일을 하는 이유다. 시장 사이즈와 관계없이 작가의 '태도'가 좋아서 만들기도 한다. 같은 이유로 만들지 않을 때도 있다.

1인 출판사 북노마드의 목표는 지속 가능한 출판이다. 당연히 팔리는 책에도 관심을 둔다. 음악에 비유하자면, 자신이 좋아하는 프로그레시브 록과 대중이 좋아하는 아이돌 노래를 동시에 다루는 프로듀서라고 할까.

*

나는 주로 '작은' 책을 만든다. 출판 강의에서도 '작은 책'을 이야기한다. 요사이 출판계가 주목한 편집과 디자인은 대부분 '작은' 출판사에서, '작은' 시장 사이즈에서, '작은' 판형과 '작은' 이야기로부터 나왔다(고 생각한다).

사회에 반향을 일으키고 시장을 선도하는 베스트셀러가

제작비 손실을 고려해 기본 판형과 독자의 예상을 벗어나지 않는 제목, 구성, 문장, 편집, 디자인, 마케팅으로 이루어질 때, 작은 책은 '예쁘다' '이것도 책이 될 수 있구나'라는 반응과 갸웃거림을 이끌어냈다.

작은 책의 편집 디자인 실험은 소규모 출판과 독립 출판으로 옮겨갔다. 기성 출판은 지속적으로 시장이 '작아졌고' 거의 모든 책들이 '작은' 시장을 염두에 두게 되었다. 작은 책의 시대다.

이제 메이저와 마이너의 경계는 사라졌다. 고급과 저급의 경계도 무너졌다. 고질高質 콘텐츠와 저질低質 콘텐츠만 존재한다. 고급인데 저질 콘텐츠가 있고, 저급인데 고질 콘텐츠가 있다. 『선과 모터사이클 관리술』을 지은 로버트 피어시그는 한국 성벽의 아름다움은 "노련한 지적 기획 때문도, 작업에 대한 과학적 관리 때문도 아니라 그 성벽을 쌓는 일을 하던 사람들이 대상을 바라보는 나름의 독특한 방식을 소유하고 있었기 때문"이라고 적었다. 만약 좋은 편집과 디자인이라는 게 있다면 그것은 어떤 스킬로 만들어지는 게 아니라 그것을 바라보는 독특한 '방식'에 있다고 믿는다. '책의 엔지니어'라는 개념은 여기에 바탕을 둔다.

별것 아닌
즐거움 말하기

독립 출판, 독립 서점은 SNS를 경로 삼아 '힙'이 되어버렸다. 힙의 본래 의미는 '고정관념을 깨는 것'이다. 단순히 멋진 게 아니다. 독립 출판은 세상을 향한 불협화음의 기술이어야 한다. 다름과 함께해야 한다. 계층, 민족, 경제, 정치, 제도적 차이가 만들어내는 불협화음에 나의 시각 언어와 목소리로 접근을 시도하는 '예술 행위'가 되어야 한다.

독립 출판은 여러 목소리의 집합체다. 여러 계층, 인종, 문화, 경제적 계급이 혼재하는 가운데 서로 다른 목소리와 이질적인 가치들이 부딪히며 진화하는 동시대 한국 사회의 면모를 다각도로 들여다보는 독립 출판, 그것을 소개하는 독립 서점이 요청된다. 아직까지 우리는 일기형 에세이에서 벗어나지 못한다. 아쉽다. 내가 속한 사회의 첨예한 이슈에 어떻게 접근하고 개입하는지를 독립 출판 형식으로 살펴야 한다. 시대의 변화와 공명하는 실천이 되어야 한다.

현재주의라는 말이 있다. 역사를 현재화하는 것이다. 승자의 기록이 될 수밖에 없는 역사주의를 비판하며 과거를 기억하는 것이다. (근)과거를 기록하고 채록하는 독립 출판을 주목한다. 책을 제작하고 싶은 사람이라면 눈여겨볼 만하다.

독립 출판은 유행에 그쳐서는 안 된다. 대다수 사람들이 믿는 시대의 가치에 역행해야 한다. 뭔가 일어나지 않으면 재미없다고 생각하는 세상에서 아무것도 일어나지 않는 평범한 생활, 그 생활 속의 작은 행복, 소소한 기쁨, 별것 아닌 즐거움을 말해야 한다. 동시대 한국의 서사를 경유하지 못하는 이야기는 가치가 떨어진다. 독립 출판은 그 실험을 어떻게 구현할지에 대한 구체적인 질문을 던지는 것이다. 어떤 출판물을 어떻게 보여줄 것인가? 그 출판물에 어떤 위치를 부여하여 어떻게 읽히게 할 것인가? '동시대+사회+(그 속의) 나'를 기준으로 발견되는 사회, 정치, 문화적 사건과 활동을 배경으로 삼아야 한다. 페미니즘, 우울(증) 등 작가들의 자전적인 경험을 토대로 한국 사회에서 '다른 존재'의 의미를 탐구하는 정치적이면서도 시적인 은유를 담은 언어를 구사하는 독립 출판물을 향한 독자들의 반응이 좋은 이유다.

이제 독립 서점에서 이루어지는 활동은 작가 토크에 머물지 않고 또다른 발화가 펼쳐지는 임시적 '세미나'가 되어야 한다. 그 '세미나'의 과정을 또다른 발화 형태의 독립 출판물로 만드는 재순환을 기대한다. '애플뮤직'이 작게는 스트리밍 서비스로, 크게는 하나의 거대한 생태계로 인식되듯이 독립 서점은 책을 판매하는 공간이자 대안 생태계가 되어야 한다. 독립 서점은 책을 판매하는 공간만은 아니다. 학교로, 전시장으로, 작가의 공간으로, 지역의 명소로 확장될 것이다.

일 말고
일하는 '사람'

아무래도 출판 수업은 '소규모'를 기준으로 삼는다. 1인 출판, 독립 출판, 독립 서점, 소규모 출판이 화두다. 다행히 다양성과 전문성으로 승부하는 작은 출판 사례가 많다. 수업에 요긴하게 쓰인다.

출판은 불황의 상징이다. '단군 이래~'로 시작하는 어려움을 호소한다. 나는 불황이라는 말을 쓰지 않는다. 출판만 어려운 게 아니다. 세상에서 돈을 벌어 밥을 먹고 사는 일은 모두 어렵다. 어려운 상황에도 아랑곳하지 않고 이념과 방향성을 갖추고 좋은 책을 만드는 출판사도 많다.

출판이 '회사' 형태일 필요는 없다. 환경오염, 반핵, 시민운동 등 일본의 작은 출판사는 다양한 얼굴을 갖고 있다. '트랜스뷰'라는 출판사는 회사의 개념을 버리고 전문가들이 모여 이야기하고 작업하는 열린 공간이다. 그들의 원칙은 '본질을 통찰하는 것'이다. 편집자는 진정으로 만들고 싶은 책을 책임지고 만들어 발행인에 자신의 이름을 올린다. 영업자는 진심으로 널리 알리고 싶어 책을 팔 뿐 실적을 올리기 위해 무리하지 않는다.

'읽는 인간'(오에 겐자부로)에서 '보는 인간'의 시대다. 모두가 같은 정보를 실시간으로 공유하고 판단하고 의견을 말한다. 모두가 글을 쓰고 사진을 찍어 나눈다. 사람들은 대부분 과거를 잊지 않으려 한다. 그러나 역사는 동시대를 '다르게' 감각하고 사유하고 표현하는 세대가 이끌어왔다. 다름의 감각과 사유와 표현을 잊지 않는다면 출판은 여전히 성장산업이다.

독자를 생각한다. 지식과 공감이라는 결과를 얻으려고 책을 경험하는 독자가 있다. 작가를 생각한다. 자신의 글과 생각이 독자의 눈에 띄기를 바라는 작가가 있다. 출판은 두 사람을 위한 결과를 설계하는 것이다. 그것이 편집이다.

이제 출판의 흐름은 출판사가 아니라 독자가 만들어가고 있다. 당연한 얘기겠지만, 출판사는 독자를 더 많이 끌어들일수록 시장 사이즈가 큰 작가를 끌어들일 수 있다. 기업형 출판이 그 일을 한다. 내가 할 수 없는 영역이다. 1인 출판사 북노마드는 '센스'에 집중한다. 센스 있는 편집의 경험과 행위에 집중한다. 북노마드 스타일의 작가를 중시하고, 그 작가에 반응하는 북노마드 독자를 소중히 여긴다.

불확실성의 시대다. 하이퍼 스케일의 방식이 필요하다. 필요에 따라 시스템의 규모를 유연하게 확장하거나 줄일 수 있는 기술이 요청된다. 나 혼자 일한다고 해서 '소규모'의 강박에 자신을 묶어둘 필요는 없다. 시대와 시장의 상황, 나 혼자 일하는 여건에 맞춰 그때그때 시스템의 규모를 유연하게 가져가면 된다.

나는 일이 아니라 일하는 '사람'에 방점을 둔다. 나는 책을 만든다. 그래서 책을 만드는 편집자, 디자이너, 마케터 등 만드는 '사람'이 중요하다. maker-first, 만드는 사람, 그것을 통해 삶의 의미를 다지는 사람을 중심으로 생각한다. 편집과 디자인이라는 기술은, 책이라는 상품은 결과물에 불과하다. 책을 만드는 '우리'가 중요하다. 우리가 무엇을 원하는가를 고민해야 한다. 행복하게, 오래오래 일해야 한다. 그래서 무리하지 않기로 했다. 적절한 삶의 규모를 만들기로 했다.

다른 사람에 지배받지 않는 삶. 다른 출판사를 부러워하거나 경쟁하는 것이 아니라 내가 정한 목적의식과 북노마드를 만들어나가는 자존감. 나 혼자 일하는 이유다.

만드는 '사람'이 중요하다.

편집과 디자인이라는 기술은, 책이라는 상품은 결과물에 불과하다.

책을 만드는 '우리'가 중요하다.

미래에도
출판이 있다면

믿지 않는다.

뉴스와 광고를 믿지 않는다. '청년의 꿈과 열정을 키워드 립니다' '청년 창업의 꿈을 현실로 만들어드립니다' '차별 화된 일자리 지원 플랫폼' 같은 정부와 대기업의 달콤한 카피를 믿지 않는다.

창업은 내 힘으로 하는 것이다. 자립하겠다는 다짐이다. 사업자등록은 어른이 되는 순간이다. 어른이 되겠다고 해놓고선 도움을 요청하는 사람들이 많다. 창업을 준비 하며 여기저기 기웃거리면 백전백패다. 대형 출판사 안 에서 출판사를 운영하며 알았다. 세상에 공짜는 없다.

1인 출판을 하고 있지만, 나는 출판사가 영원히 남을 필요는 없다고 생각한다. 음악은 물리적 기록 매체에서 데이터로 환경이 변화했다. 많은 레코드 회사들이 없어졌다. 그래도 음악은 존재한다. 어느 시대보다 왕성하다.

출판을 둘러싼 환경이 변하면 지금의 출판사는 없어질 것이다. 그래도 출판의 역할이나 책이라는 매체는 살아남을 것이다. 그때는 북노마드 대표가 아닐지도 모르지만 '새로운 출판 생태계'에서 '어떤' 일을 하고 있을 것이다. 걱정하지 않는다.

사람들은 미래를 말한다. 50년 후, 100년 후를 말한다. 그러나 100년 후에는 모두가 사라진다. 미래를 생각할 필요가 없다. 무책임하고 자기중심적인 생각이 아니다. 중학생 딸아이가 상상하는 '책'과 내가 생각하는 '책'은 다를 것이다. 딸아이는 내가 고민하는 출판의 미래가 어떻게 되어도 상관없다. 나와 다른 시대를 살아가야 한다. 세상은 변화하고 그 변화에 적응한 새로운 세대가 나온다. 변화를 따라갈 수 없으면 깨끗이 퇴장하는 것, 그것이 구세대의 역할이다. 지금-여기의 라이프스타일을 젊은 세대에게, 미래 세대에게 강요해서는 안 된다. 출판도 서점도 마찬가지다. 수십 년 후를 살아갈 새로운 세

대는 미래에 맞게 잘 해낼 것이다. 나는 미래를 걱정하지
않는다.

＊

시대는 격변한다. 하나의 사건이 다른 사건으로, 우리가
인지하지 못하는 무수한 사고의 연속이 세상을 구성한
다. 책은 시대의 변화를 반영한다. 시대가 책을 만들고,
책이 시대를 대변한다. 책을 둘러싼 환경은 바뀌었다. 종
이와 디지털의 융합은 현실이다. 아니, 과거와 현재, 현실
과 가상현실의 구분이 무의미해진 무시간성과 무공간성
의 시대에 종이와 디지털을 나누는 것조차 무의미하다.
스마트폰, 전자책, 아마존, 넷플릭스…… 책을 둘러싼 매
체와 플랫폼의 변화, 책보다 재미있는 콘텐츠의 향연, 책
을 읽어야 한다는 강제나 독서를 특별하게 생각하는 사
고방식이 존재하지 않는 세태에서 책과 독서에 관한 인
류의 갈망은 종언을 고한 듯 보인다.

그러나 책을 만드는 이들조차 예상하지 못했던 일이 일
어나고 있다. 스마트폰으로 상징되는 달라진 매체 환경
에서 사람들은 어느 시대보다 '읽고 쓰고' 있다. 때론 긴

글로, 때론 짧은 글로, 때론 댓글로, 때론 해시태그로. 출판사를 통하지 않아도 직접 쓰고, 만들고, 유통시키는 독립 출판이 만들어졌다. 기성 작가들과 출판사들이 감지하지 못한 삶에 대한 섬세한 관찰을 가능하게 해준 독립 출판의 유통은 독립 서점이 도맡는다. 뚜렷한 중심축 없이 각자의 공간에서 각자의 몫을 다해왔던 제작자, 독자, 독립 서점의 각개전투는 〈언리미티드 에디션〉〈퍼블리셔스 테이블〉로 응집되었다.

다행인 걸까, 불행인 걸까. 시대는 저성장, 장기침체로 접어들었다. 꼰대, 미투, 페미니즘, 젠더, 우울, 퇴사 등 세상을 견디는 힘으로 쓴 독립적인 스토리텔링에 독자들이 마음을 열고 있다. 출판사도 반응하기 시작했다. '쏜살문고' '아무튼 시리즈' 등 독립 서점을 염두에 둔 기획이 나왔다. 새 책을 펴낸 작가들이 독자들을 배려하는 공간도 독립 서점으로 바뀌었다. 소설가 김영하의 『여행의 이유』와 시인 이병률의 『혼자가 혼자에게』는 독립 서점 버전을 따로 만들었다.

서점이 문을 닫고, 책이 팔리지 않아 출판계가 어렵다는 시대에 독립 서점은 자꾸만 생겨나고, 그곳에서 판매하는 책들이 각광받는 역설. 독립 출판과 독립 서점의 짝짓

기를 통해 우리는 알게 되었다. 교양을 향한 엄숙한 발걸음이 한결 경쾌해졌음을, 사람들이 다시 책을 읽게 되었음을, 아니 여전히 책을 읽고 있었음을. 쓰는 이도 읽는 이도 사라진 것이 아니라 '여기에 있다'는 기대, 책을 쓰고자 하고 읽고자 하는 절댓값은 줄어들지 않았다는 희망을 갖게 되었다.

사람들이 책을 읽게 된 것이 아니라 책을 '소비'하는 것이라는 의견도 있다. 사람들에게 독립 서점은 맛집과 카페 같은 '핫플레이스'일 뿐이고, 인스타그램에 올라오는 책은 음식과 커피 같은 굿즈라는 것이다. 부정할 수 없다. 그러나 그 '이해할 수 없음'이 중요하다.

일본의 그래픽 디자이너 사토 다쿠는 『삶을 읽는 사고』에서 상품에 흥미를 느끼게 하려면 우선 신경이 쓰이도록 만드는 '이해할 수 없는 매력'을 갖춰야 한다고 적었다. 조화를 이루지 않는 '위화감'이 키워드다. 그것이 기획이다. 그것이 제안이다.

어떤 이에게 책을 읽는 것은 세상을 이해하려는 지적 노동이지만, 어떤 이에게는 SNS에 자신을 드러내는 브랜딩이다. 책의 형태가 어떻든지, 독서 방식이 어떻든지 사람들 곁에 책이 있다는 것이 중요하다. 그것이 삶의 행복이

물질에 종속된 지금-여기를 살아가는 우리의 독서법이다. 나날이 높아지는 삶의 속도에서 이탈해 상실감만 짙어지는 사람들이 책을 소비하는 행위로 행복할 수 있다면 괜찮지 않은가.

책을 진지하게 읽는 사람을 무조건 지지하는 것도, 책을 가볍게 소비하는 사람을 무작정 혐오하는 것도 옳지 않다. 세상은 언제나 두 바퀴로 굴러왔다. 이상형은 다르지만 누군가를 사랑하는 것은 동일하듯이. 푸른 초원을 걷고 있는데 갑자기 나타난 보랏빛 소처럼, 그 이해할 수 없는 것 '사이'에 들어가 '연결'하는 일에서 출판의 새로운 버전을 찾는다.

우리는 버전을 업그레이드로 생각한다. 아니다. 버전은 라틴어 'vertere'에서 나왔다. '회전하다', '방향을 바꾸다'라는 뜻이다. 버전이 바뀌어도 기본 속성은 남는다. 본질은 사라지지 않는다. 세상에 완전히 새로운 것은 없다. 그런 것은 존재하지 않는다. 나의 일에 '새롭다'는 장식을 붙이지 않아야 할 이유다. 변환과 전환이다. 생각의 전환, 인식의 전환, 가치관의 전환, 사용법의 전환, 목적의 전환, 가치의 전환이다. 지금 존재하는 것의 방향을 바꾸는 것으로도 충분하다.

나는 믿는다. 세상에는 책을 읽는 사람이 여전히 있다고, 생각보다 많다고. 믿는 사람은 평안하다. 믿지 않는 사람은 불안하다. 나는 평안하다.

이상형은 다르지만 누군가를 사랑하는 것은 동일하듯이.

이해할 수 없는 것 '사이'에 들어가

'연결'하는 일에서 새로운 버전을 찾는다.

차이, 반복, 리듬

출판 불황이라는 말을 믿지 않는다. 시대와 관계없이 흥미로운 콘텐츠는 각광받았고, 시시한 콘텐츠는 읽히지 않았다. 젊은이들이 스마트폰에 빠져, 게임에 물들어 책을 읽지 않는다고 말하기 전에 기성세대의 콘텐츠를 자문해보아야 한다. 개인의 실천이 생활의 여러 층위에서 전개되는 '마이크로 팝' 시대에 여전히 거대한 이야기에서 허우적대는 건 아닌지, '출판 불황'만 외치며 기득권을 고수하는 건 아닌지 돌아보아야 한다.

언제나 새로운 문화는 지금-여기에 만족하지 못한 자

들이 준비했다. 낡은 시대의 체제를 활주로 삼아 이륙하는 사람들은 늘 '소수'(였)다. 새로운 출판은 작은 욕망을 가진 자들이 작은 변화를 단계적으로 이끌어내는 모습일 것이다. 거대한 무리를 벗어나 독립적인 개인과 개인의 연결이 만들어내는 '틈'에서 생성될 것이다. 크라우드 펀딩을 보라.

출판은 교양의 최전선이다. 인간적인 너무나 인간적인 삶의 실천을 고민하는 자들이 책을 읽는다. 그런 사람들은 새로운 이야기를 놓치지 않는다. 데이터 시대에 책의 생존법은 간단하다. 책—작가—독자의 관계를 통해 새로운 형식을 고민하는 것이다. 새로운 이야기를 '위치' 시키는 것이다. 김혼비의 『우아하고 호쾌한 여자 축구』를 보라, 김초엽의 『우리가 빛의 속도로 갈 수 없다면』을 보라.

＊

나는 '내일'이라는 말을 좀처럼 사용하지 않는다. '내일의 출판' '출판의 미래'라는 말은 꺼림칙하다. 실제적인 기능을 하지 못하는 단어의 결합이라는 생각이다. 그럼에도 내일을 고민한다는 것은 어제, 오늘과 달라지겠다는 욕망일 것이다.

욕망은 본능적으로 특정 기간, 특정 영역에 여러 방향으로 작렬한다. 그 자유로운 욕망을 살핀다. 욕망과 욕망의 '차이'를 발견한다. 유난히 '반복'되는 흐름을 감지한다. 또다른 욕망의 '차이와 반복'을 예감한다. 어떤 시대가 찾아와도 욕망의 리듬은 사라지지 않을 것이다.

리듬! 문화심리학자 김정운은 일상의 판단 근거는 리듬에서 나온다고 말한다. 모든 생명체는 고유의 리듬을 갖는다. 문화는 생명체의 리듬에 일정한 가치와 의미를 부여한다. 그저 몇 분 마주하고 간단한 인사를 나눴을 뿐인데 사람의 성격과 됨됨이를 판단하는 일이 가능한 이유다.

'혼자'는 내가 찾은 일의 리듬이다. 한 명의 인간으로서 잘살고 싶은 바람을 고민한 결과다. 일하는 것과 인생을 사는 것의 공명이다. '나'를 토대로 일의 본질을 '0'으로 설정했다. '나 혼자 일한다'는 '1'의 단계다. 첫 시작이다.

팝업 책방을 열어요

독립 서점에서 출판 수업을 한다. '나 혼자 일한다'를 공유하고 있다. 출판 강의는 우연이었다. 독립 서점에 북노마드 책이 놓여 있나 구경하다가 독립 출판의 수요를 발견했다. 책을 읽지 않는 사람만큼 출판에 관심 있는 사람도 많았다. 책을 좋아하는 사람을 만날 수 있다니. 마다할 이유가 없었다. 여러 독립 서점에서 책에 대해, 출판에 대해, 책을 만드는 시간을 나누고 있다.

수업은 5주로 이루어진다. 짧은 시간이다. 출판을 알기에는 턱없이 부족한 시간이다. 독립 출판물을 만드는 사람은 완성될 때까지 돕는다. 수업의 연장이다. 출판 수업을 하며 많은 사람들을 만났다. 이름과 얼굴이 기억나지 않는 사람도 있지만, 수업을 마친 후에도 이어지는 인연이 있다. 어떤 이들은 북노마드 미술학교에서 같이 공부한다. 북노마드에서 책을 내거나 번역가로 데뷔하기도 한다. 출판 수업에서 만난 A는 일본어 통번역 전공을 살려 '일본근대문학 단편선'을 번역하고 있다. 가지이 모토지로, 나카지마 아쓰시, 다자이 오사무, 나가이 가후, 무로 사이세, 에도가와 란포, 호리 다쓰오의 작업을 지속적으로 펴낼 예정이다. 고전을 공부한 L은『유몽영』을 시작으로 '고전' 시리즈를 책임지고 있다. 소중한 인연이다.

출판 수업과 북노마드 미술학교. 나와 함께 공부하는 사람들을 기억하고 기념하고 싶은 마음이 들었다. 때마침 이 책을 쓰게 되었다. 책을 알릴 겸 '팝업 책방'을 열기로 했다. 나에게 작은 서점은 로망이다. 동시에 어딘가에 매이고 싶지 않은 나에게 서점은 짐이다. 팝업 책방이 대안이다. 팝업 책방은 인생의 중간 결산이다. 나와 동행하는 사람들을 생각한다. 팝업 책방에서 그들의 다양한 결실을 소개할 것이다.

팝업 책방은 '북+노마드'의 실천이다. 팝업 책방은 고정적이지 않다. 장소에 따라 기간도 다르다. 여행과 생활의 중간이다. 어디든지 이동할 수 있는 차와 배낭 하나면 충분하다. 서울의 아파트에 살고 있는 나는 마당에 로망이 있다. 주말농장, 전원주택에 혹한다. 팝업 책방은 서울을 넘어 지역의 작은 서점으로 연결된다. 지역을 정한다. 서점과 협업을 이야기한다. 팝업 책방을 여는 동안 서점지기들은 쉼을 누린다. 팝업 책방은 지역, 커뮤니티, 공유, 네트워크를 학습하는 시간이다.

팝업 책방의 백미는 '헌책'이다. 내가 읽은 책을 아낌없이 내놓을 것이다. 아까운 책을 미리 골라두었다. 남는 책은 독서 인생의 결정체다. 서가에 두고 오래오래 읽을 것이다. 좋은 책을 읽고 또 읽는 나이가 되었다. 이제 그럴 때다.

고장난 시계처럼
살아라

　　　　　　　　　　　　흥미로운 칼럼을 읽었다.
국내 신문에 '4차 산업혁명'을 검색하면 6,400여 건의 뉴스와 2,200여 건의 지면 기사가 뜨는데,《뉴욕타임스》홈페이지에서 'Fourth Industrial Revolution'을 검색하면 18개 기사,《아사히신문》에 '第4次 産業革命'을 검색하면 19개 기사만 나온다는 것이다. 2019년 4월 기준이니 기사량에 변화가 따르겠지만, '4차 산업혁명'에 관한 우리의 호들갑을 보여주는 좋은 사례다.

미국과 일본에서 4차 산업혁명이 회자되지 않는 건 사회적으로 합의되지 않은 개념을 객관적 사실로 단정짓지 않는 태도 때문일 것이다. 그들은 정부도, 학계도, 미디어도 신중하다. 우리는 어떤가. 뉴스만 보면 우리나라는 4차 산업혁명의 선구자다. 우리는 늘 그런 식이다. 정부가 앞장서고(따르라!) 대기업이 동조한다(소비하라!). 세계는 격변하고, 기술혁신이 진행되고, 내일을 예측할 수 없으니 변화해야 한다고 내몬다. 스마트폰에 종속된 '소비자'들이 공포를 재생산한다.

세상은 변한다. 그런 당연한 얘기는 하지 않는 게 낫다. 같은 시대를 살아가는 사람들은 자신의 시대를 온전히 볼 수 없다. 한 세기에 대한 평가는 다음 세기에 이루어진다. 불안과 공포는 정부의 지배 전략이고, 기업의 마케팅 전략이다. 불안은 시대와 상관없다. 인간은 내일을 알수 없어서 본래 불안하다. 기업의 성패도 시대 때문이 아니다. '히트 상품'을 지속적으로 내놓지 못하면 사라지는 것이다.

농사를 지으면 1차 산업이고, 그 농산물을 가공하면 2차 산업이고, 그것을 유통하면 3차 산업이다. 농사는 하나다. 드론으로 씨를 뿌린다고 해서 4차 산업이 되지 않는 이유다.

정부, 기업, 언론에서 4차 산업혁명을 떠들어도 지금 나의 일에 충실하면 된다. 책을 만드는 사람은 읽고 싶은 책을 만들고, 음식을 만드는 사람은 그 음식을 다시 찾게 만드는 가격과 품질로 음식을 제공하면 된다.

미래의 시간은 디지털 생태계로 구성될 것이다. 의심할 여지가 없다. 그렇다고 4차 산업혁명을 준비하겠다며 아이들에게 코딩을 가르치고, 대기업·공기업·공무원을 안정적인 일자리로 인식하는 모습은 좀 그렇다. 영어와 프로그래밍이 미래의 커리어에 도움이 되는 시대는 지나고 있다. 핵심은 사람이다. 인간다움을 길러야 한다. 방법은 문화다. 인간과 기술을 조합한 문화 교류를 기획해야 한다. IT에서 성공한 비즈니스는 모두 시스템을 만든 것이었다. 플랫폼! 프로그래밍을 배우는 것이 아니라 그것을 '이용'해 무엇을 할까를 생각해야 한다. 로봇과 인공지능이 할 수 없는 일을 선택해야 한다. 인간이 해야 할 일에 집중해야 한다. 어머니 손맛 같은 보이지 않는 지식을 가져야 한다.

'경험'이다. 인간만이 누릴 수 있는 특별한 재산이다. 그런데 우리는 경험하기 전에 기획하고 예단하고 예상하고 예측한다. 출발부터 꼬였다. 거리를 돌아다니면 여기저기 공사중이다. 부동산 가치를 창출하려고 낡은 집을 허물고 새 건물을 올린다. 젊은이들이 감각과 취향의 이름으로 장식한다. 카페를 한다. 카페를 하려고 부수고 짓고 장식한다. 1~2년 후 다시 허물고 장식한다. 또 카페를 한다. 유행이라는 흐름으로, 가치가 변했다는 이유로.

인생은 짧다. 지혜와 경험으로 채우는 게 낫다. 책을 읽고 사람과 교류하고 세상을 겪는다. 그것이 돈을 버는 일이다. 나의 짧은 생각일지도 모른다. 아무튼 나는 그렇다.

좋은 질문을
던지는 사람

4차 산업이라는 말이 일상어가 되었다. 누군가는 혁명이라는 단어를 붙인다. 4차 산업의 핵심은 '로봇'이다. 로봇이 위험한 일이나 반복적인 일을 해주는 세상이다. 어떤 이는 장밋빛 유토피아를 기대하고, 어떤 이는 잿빛 디스토피아를 우려한다. 기대든 우려든 결국 '사람'이다. 로봇에 어떤 일을 부여할지를 결정하는 건 사람이 한다. 로봇을 스마트하게 대하는 능력. 4차 산업이라는 말이 있다면 인간의 창조력과 스마트함을 가리킬 것이다.

4차 산업은 '구독'과 '공유'의 경제다. 제품을 구매하는 시대에서 서비스에 '가입'하는 시대다. 특정 브랜드 '이용권'을 산다. 편의점, 호텔, 놀이공원 등 장소와 상관없이 구매하고 이용한다. 지문, 홍채 등 생체 인식으로 회원권을 확인한다. 아이디와 비밀번호로 나를 증명하는 시대는 사라진다.

사용자가 언제든지 접속해 제품과 서비스를 사용할 권리를 갖는 시대. 모든 것을 공유해서 사용하는 시대에 물건을 판매하는 경제의 미래는 뻔하다. 브랜드가 살아남으려면 제조에서 '서비스'로 전환해야 한다. 적어놓고 나니 출판업자인 나의 미래가 막막해진다.

대학원에서 매체 미학을 전공한 나는 매체 문화를 분석한 책을 좋아한다. 그중에서도 케빈 켈리의 『기술의 충격』은 최상위 목록이다. 켈리는 과학기술 문화전문 잡지 《와이어드》를 공동 창간하며 인터넷과 클라우드로 연결된 세상을 예견했다. 1993년의 일이다.

하지만 그의 일상은 기술과 관계없다. 그는 무언가를 소유한 적이 거의 없다. 대학을 중퇴하고 10년 동안 싸구려 운동화와 낡은 청바지 차림으로 아시아 오지를 돌아다녔다. 손으로 음식을 먹고, 산골짜기를 두 발로 걷고,

아무데서나 잠을 잤다. 짐도 거의 없었다. 풍족한 건 하나, 시간이었다.

아시아에서 8년을 보내고 미국으로 돌아왔다. 값싼 자전거를 샀다. 미국 서쪽에서 동쪽으로 가로질렀다. 펜실베이니아주 동부 아미시파 공동체에 머물렀다. 삶에서 최소한의 기술만 간직하기로 마음먹었다. 자전거 한 대에 의지해 동부 해안에 도착했다. 대륙 횡단 여행을 끝내고 숲이 우거진 뉴욕 북부의 벽촌에 틀어박혔다. 그의 나이 27세였다.

켈리에게 컴퓨터와 온라인은 또다른 이국적인 여행 목적지였다. 온라인은 사람을 연결시킨다. 생각, 개념, 타인을 연결시킨다. 기술의 또다른 얼굴이다. 그는 사람과 통신선으로 이루어진 새로운 대륙에서 또다른 공동체를 발견했다. 그렇게 기술의 최전선에 머물러 왔다. 하지만 켈리의 일상은 기술의 반대편에 자리한다. 그는 오랫동안 스마트폰을 사용하지 않았다. 반드시 갖춰야 할 첨단 기기는 가장 나중에 구입한다. 노트북도 없다. 여행할 때 컴퓨터를 갖고 가지 않는다. 자동차보다 자전거를 탄다. 트위터도 하지 않는다. 일주일에 하루는 '스크린을 보지 않는 날'이다. 식사 시간이나 사람을 만날 때 스마트폰을 절대로 보지 않는다.

미국 퍼시피카에 자리한 집은 도심과 거리가 먼 산자락, 초인종 없는 통나무집이다. 공중파나 케이블 방송도 나오지 않는다. 세 자녀는 텔레비전 없이 자랐다. 나무로 만든 책장에 종이책이 빽빽한 서재에서 그는 책을 읽고 생각하고 글을 쓴다. 어떤 시대에도 인간에게 요구되는 것은 "좋은 질문을 던지는 법을 배우는 것"이라고 말한다. 『기술의 충격』은 그 질문을 담은 책이다. 기술의 이야기에 귀를 기울였다. 기술의 경향과 편향을 간파했다. 기술의 현재 방향을 추적했다. 기술은 마음이 만든 유용한 것이다. 셰익스피어의 소네트는 그 시절의 구글 검색 엔진이었다. 바흐의 푸가는 그 시절의 아이폰이었다. 기술은 곧 문화다!

접속의 시대다. 정보는 소유하는 것이 아니다. 공부법도 달라져야 한다. 암기하지 않아도 스마트 매체를 사용하면 된다. 일하는 방법도 달라져야 한다. 컴퓨터가 하는 일에 문화적 가치를 입혀야 한다. 컴퓨터가 하지 못하는 인간의 일을 해야 한다. 정보에 어떤 '질문'을 던질 것이냐. 달라진 세상의 달라진 기준이다.

일하지 마세요,
활동하세요

그래도 4차 산업혁명에 관한 혜안이 듣고 싶다면 고전평론가 고미숙 선생이 해답이다. 선생은 단칼에 정리한다. 노동 해방!

알파고, 인공지능, 사물 인터넷은 인간의 노동 시간을 줄이고 노동 강도를 낮출 것이다. 노동의 주체가 인간이라는 거룩한 사실이 뒤집어진다. 그것이 4차 산업혁명이다. 정부가 예산을 쏟아부어도 청년 취업에 길이 보이지 않는 이유다. 이제 일자리 문제는 국가의 능력을 떠났다. 대통령 탓만 하지 말라는 얘기다.

고미숙의 해답은 '백수'다. 소크라테스, 공자, 부처, 노자는 일하지 않았다. 귀족, 자유인, 양반도 노동에서 벗어났다. 그들은 노동하지 않았다. '활동'에 매진했다. 원하는 때, 원하는 만큼, 원하는 일을 했다.

일하지 않고 어떻게 사느냐고? 걱정 마라. 여기 본보기가 있다. 연암 박지원이 삶으로 실천했다. 청년 연암은 우울증에 시달렸다. 거식증에 불면증이 더해졌다. 음식을 거부하고 잠이 오지 않는 몸으로 하루하루를 견뎠다. 우울이란 몸의 기운이 꽉 막혔다는 신호다. 뚫어야 한다. 소통해야 한다.

연암은 거리로 나섰다. 사람을 만났다. 대화를 나누었다. 글을 썼다. 인생의 답이 보였다. '백수'가 되었다. 18세기 영·정조 시대를 풍미한 노론 명문가 출신, 소과에 장원급제하고 영조의 주목을 받은 앞길 창창한 젊은 관료가 주어진 궤도를 스스로 벗어난 것이다.

우울증을 극복하며 연암은 깨달았다. 입신양명의 길이란 너는 누구 편이냐고 묻는 이들에게 답하고(당파), 날마다 사모관대를 하고(출퇴근), 산더미처럼 쌓인 일을 하는(일중독) 신세라는 것을.

백수 연암의 삶은 아름다웠다. 연암은 육체적 노동과 물질적 생산에서 벗어났다. 정신적 깊이와 지적 확장에 몰두했다. 자의식과 자존감을 혼동하지 않았다. 역사적으로 노동하지 않음은 신분과 자본을 기준으로 소수에게만 주어진 축복이었다. 4차 산업혁명이 그 지경을 넓혔다. 정규직을 향해 올인할 것인가, '노동 해방'을 향유할 것인가. 연암에게서 세상이 귀엽게 보이는 높이를 발견한다. 고미숙의 책 『조선에서 백수로 살기』를 애정하는 이유다.

나는
공부한다

배운다는 말을 좋아한다.
배우려고 가르치고 가르치려고 배운다. 배운다로 말을
맺으면 손해보는 기분이 들지 않는다. 실패로부터 배운
다는 말마저도 희망적이다.

가르치고 배우는 일을 기웃거린다. 가르칠 때 자신의 지
식을 상대화하는 '메타 인지'가 활성화된다는 말을 믿는
다. 출판과 병행해 대학에서 강의를 해왔다. 절반은 편집
자, 절반은 교육자로 살았다. 출판과 학교라는 두 가지
일이 자연스레 섞였다. 동시대 미술, 예술철학, 일본 현대
사상 등 특정 시기마다 나의 관심을 수업으로 연결시켰

다. 출판사를 '학교'처럼 만들고 싶어서 '북노마드 미술학교'를 만들었다.

특별한 이력은 아니다. 그런 팔자가 있다. 중국 전문가 김명호 선생이 그렇다. 2007년부터 지금까지 《중앙선데이》에 〈사진과 함께하는 김명호의 중국근현대〉를 연재하는 선생은 성공회대 중어중국학과 교수를 지내며 중국의 출판사 삼련서점의 서울지사를 운영하셨다. 교수이자 출판 편집 전문가였다. 롤 모델이다.

2012년부터 시작한 북노마드 미술학교는 합정, 이태원, 서촌에 공간을 두었다. 합정에서는 수업, 세미나, 워크숍을 열었다. 미술가 특강, 시 수업, 교양 수업을 했다. 이태원과 서촌에서는 젊은 미술가들의 전시를 열었다.

혼합과 혼성의 시대다. 미술이 아닌 것으로 미술을 이야기하고, 출판이 아닌 것으로 출판을 이야기하는 게 어색하지 않다. 북노마드 미술학교는 한강의 『희랍어 시간』을 읽는다. 김애란의 『두근두근 내 인생』을 읽는다. 페르난두 페소아의 글을 낭독한다. 발터 벤야민의 『베를린의 유년 시절』을 복기한다. 생각하기 위함이다. 예술은 오랫동안 표현에 매몰되었다. 표현의 자유는 중요하다. 그러나 그것에 집착해 사유의 자유를 놓쳐서는 안 된다. 생각하는 예술을 '생각 없이' 표현하기! 북노마드 미술학교에 방향이 있다면 이것이다.

북노마드 미술학교는 특정 대학에 속하지 않고 바깥에서 공부를 계속하는 독립 연구자로 살고픈 나의 실천이다. 혼자 일하며 최소한의 노동 범위를 정했다. 나머지 시간은 읽기, 쓰기, 말하기에 집중한다. 나 혼자 공부한다. 고요하게. 함께 공부한다. 경쾌하게. 목적지는 없다. 뜻과 스타일을 갖춘 글을 읽고 쓸 수만 있다면 오케이. 나의 '활동'이다.

동파육을 먹는다,
교양을 먹는다

인문학 열풍이다.

조금은 식은 것 같기도 하다. 다행이다. 그동안 너무 뜨거웠다. 나의 활동도 인문학에 기대고 있다. 하지만 나는 인문학이라는 단어를 즐기지 않는다. 책을 몇 권 더 읽었다고 해서 인문학을 논할 수 없다. 다른 단어는 없을까. '교양liberal arts'이다.

리버럴 아츠는 고대 그리스와 로마 시대의 '아르테스 리베랄레스'에서 기원한다. 자유인을 위한 여러 기예를 뜻한다. 수사학, 천문학, 기하학에서 시작하여 음악, 예술, 문학에 이르렀다. 교양의 기원이다.

교양은 동양에서도 꽃을 피웠다. 중국 저장성 항저우는 서호와 동파육으로 유명하다. '동파東坡'는 북송시대 문장가이자 관료였던 '소식'의 호다. 그는 백성들의 식수난을 해결하려고 서호를 간척했다. 공립병원 '안락방'을 세우고, 지역 학교 '주학'을 키웠다.

물질 소비에서 가치 소비로 이행하는 시대다. 정보가 집적된 빅데이터 시대다. 일본의 편집자 스가쓰케 마사노부는 내일의 교양을 말한다. 현실을 통찰하고 미래를 읽는 교양이 우리를 자유롭게liberal 하는 지혜와 기술arts이라고 믿는다. 그래서 교양을 찾는 이벤트를 열었다. 2016년 9월부터 1년 동안 매달 1회씩 도쿄 다이칸야마 츠타야 서점에서 전문가 12인을 초대했다. 미디어, 디자인, 제품, 건축, 사상, 경제, 문학, 예술, 건강, 생명, 인류를 주제로 대화의 향연이 펼쳐졌다. 그 결과를 『앞으로의 교양』이라는 책에 모았다. 사람을 만난다. 이야기를 듣는다. 내가 모르는 영역의 언어를 공통의 언어로 번역한다. 미래의 교양을 찾는 방법이다.

교양은 자유의 기술이다. 다만 머리로만 생각하는 단점이 있다. 교양과 아이디어는 추상적이다. 그것만으로는 일의 성과를 낼 수 없다. 기계적 기술(아르테스 메카니카)

을 덧붙여야 한다. 손을 사용해야 한다. 몸을 움직여야 한다. 나의 생각이 구체적인 방법론과 접속하여 실물을 만들어낼 때 일의 가치는 높아진다. 편집이 그런 일이다. 출판이 그런 비즈니스다.

동파를 다시 소환한다. 그가 임기를 마치고 항저우를 떠나게 되자 백성들이 선물을 들고 왔다. 돼지고기였다. 당시 대표적인 서민 음식 재료였다. 그는 자신만의 조리법으로 음식을 만들어 백성들에게 선사하고 임지를 떠났다. 동파육의 탄생이다. 소식이라는 이름보다 소동파로 역사에 남은 순간이다. 소식은 교양에 기술의 묘까지 겸비했다. 진정한 교양인이었다.

교양과 아이디어는 추상적이다.

그것만으로는 일의 성과를 낼 수 없다.

서봉수와
천계영

사람들은 오해한다. 혼자 일하는 것을 느리게 사는 것으로 단순화한다. 근거 없는 생각은 아니다. 혼자 일하면 천천히 살게 된다. 그러나 삶의 여유는 '스피드'를 지배할 때 나온다. 혼자 일하는 사람에게 '효율성'은 핵심 덕목이다. 삶의 속도를 적절히 유지하려면 디지털을 효과적으로 다뤄야 한다. 역설적이다. 디지털 테크놀로지는 생존을 위협하는 동시에 생존 무기다.

바둑을 좋아하는 사람이라면 서봉수라는 이름을 기억할 것이다. 1990년대 이창호, 조훈현, 유창혁과 함께 한 시대를 풍미한 인물. 응씨배 등 국내외 대회에서 우승하고, 1997년 진로배에서 9연승을 기록했던 거장이었다. 그러나 한동안 그의 이름을 볼 수 없었다. '잡초 바둑'으로 불렸던 그도 시간의 중력을 거스르지 못하는 듯했다. 그런데 서봉수 9단이 돌아왔다. 2019 삼성화재배 월드 바둑마스터스 32강전, 서 9단과 중국의 바둑기사 궈신이 5단의 대국에 바둑 애호가들이 들썩였다. 사람들은 젊은 궈신이 5단의 승을 점쳤다. 서 9단의 오랜 공백을 염려했다. 웬걸, 서 9단은 자신보다 마흔두 살이나 어린 궈신이 5단을 능숙하게 상대했다. 인공지능AI 바둑을 공부한 노력이 빛을 발하는 순간이었다. 디지털의 습득, 노장의 귀환의 비결이었다.

넷플릭스 오리지널 드라마 〈좋아하면 울리는〉의 천계영 작가도 있다. 1990년대 순정만화 잡지 《윙크》를 기억하는가. 그 잡지에 연재했던, 100만 부 넘게 팔린 『오디션』은 90년대의 또다른 이름이다. 천계영이라는 이름이 2019년에 다시 울렸다. 웹툰 〈좋아하면 울리는〉이 드라마가 되어 1020세대의 마음을 울리고 있다.

천계영 작가의 귀환은 '디지털 퍼스트'의 결과다. 좋아하는 사람이 반경 10미터에 들어오면 알람이 울리는 '좋알람' 앱은 미래형 판타지다. 작가는 엔지니어였던 아버지 덕분에 어릴 적부터 전자계산기, 애플 초기 컴퓨터, 과학 잡지, 로봇 만화와 친숙했다. 모두가 손으로 만화를 그리던 1996년 포토샵 프로그램으로 『탤런트』를 작업했고, 2007년 『하이힐을 신은 소녀』에서는 3D맥스를 사용했다. 〈좋아하면 울리는〉에서도 드라마 속 앱을 직접 디자인하고 출시했다.

천계영 작가는 손이 아닌 목소리로 그림을 그린다. 암 수술을 받고, 그림을 그리느라 손가락에 퇴행성관절염을 앓는 까닭이다. 작가는 미리 입력해둔 명령어를 활용해 작업한다. 유튜브 채널로 작업 과정을 생중계한다.

그동안 아날로그는 만질 수 있고 디지털은 만질 수 없었다. 지금은 아니다. 디지털과 아날로그를 이분법적으로 나누는 건 낡은 프레임이다. 1990년대의 디지털 PC통신은 아날로그의 추억이 되었다. 드라마 '응답하라' 시리즈를 보라, 영화 〈유열의 음악앨범〉을 보라. 슬픔은 간이역에 코스모스로 피고 스쳐 불어온 넌 향긋한 바람…… 1984년에 만들어진 김창완의 〈너의 의미〉를 듣는다. 30년 후 리메이크한 아이유의 〈너의 의미〉를 듣는다.

디지털은 기술을 넘어 교양이 되었다. 서봉수 9단이 AI

바둑으로 트렌드를 읽는 것은 인류의 지혜가 응축된 바둑을 지키고 싶은 마음이었다. 블렌더 프로그램을 작업에 접목한 천계영 작가는 매일 아침 9시에 작업실에 나와 밤 11시까지 주 6일을 강행군한다. 두 사람 모두 '혼자' 일한다.

이세돌이 고수다

바둑을 두지 않는다. 나에게 바둑은 취미의 자하문紫霞門이다. 자하문은 창의 문의 애칭이다. 도성의 북쪽 교외로 빠지거나 세검정과 북한산으로 가려면 이 문을 거쳐야 했다. 그 뜻이 신묘하다. '자하'란 부처님 몸에서 나오는 자줏빛 금색 안개다. 이 문을 통과하면 부처님의 세계로 들어가는 것이다. 인간 세계를 벗어나는 것이다. 나에게 바둑은 고수들의 놀음이다. 바둑을 두지 않는 이유다.

그래도 바둑을 좋아한다. 바둑은 나 혼자 두는 것이다. 혼자 일하면서 바둑에 더욱 애정이 간다. 가로세로 19줄

선이 그어진 바둑판은 인생판이다. 바둑판의 2,109개의 사각형은 삶의 그리드다. 신문의 바둑 기보를 챙겨본다. 백과 흑의 수 싸움을 관전한다. 잠이 오지 않으면 바둑 TV를 챙겨본다. 바둑도 세대교체가 거세서 젊은 국수의 대결에 카메라가 집중한다.

바둑은 단순하다. 흑과 백, 두 가지로 내 '집'을 확보해야 한다. 집을 많이 확보하면 이긴다. 이기고 지는 데 시시비비가 없다. 단순하다. 명쾌하다. 구질구질하지 않다. 그래서 어렵다. 어디든 둘 수 있지만 아무 데나 둬서도 안 된다. 실력이 그대로 드러나는 게임, 그것이 바둑이다.

내가 바둑을 좋아하는 이유는 따로 있다. 복기復棋. 승부를 마치고 처음부터 다시 놓아보는 특별함에 끌린다. 기사들은 이기든 지든 복기를 한다. 그때 이렇게 두었다면…… 반성한다. 같은 실수를 되풀이하지 않겠다고 결심한다. 소기의 성과를 달성하면 냅다 다음 행선지로 달리는 우리와 다르다. 학창시절 공부를 잘했던 친구들은 틀린 문제를 다시 틀리지 않았다. 그 시절 친구들처럼, 바둑의 복기처럼, 하루를 돌아보는 사람이 되고 싶다.

우리 세대에게 바둑은 조치훈과 조훈현이었다. 야구로 치면 최동원과 선동열이다. 바둑의 고수다. 『조훈현, 고수의 생각법』이 나오자마자 탐독했던 이유다. 나는 이 책에서 '류流'를 배웠다. '류'란 바둑을 두는 기풍棋風이다. 바둑을 두는 자의 아이덴티티다. 바둑은 그것을 두는 자와 닮아 있다. 바둑 스타일이 인생관이자 가치관이다. 나의 바둑으로 정면 승부한다. 조훈현은 제비처럼 빠르고 화려한 바둑을 구사한다. 싸움닭 같다. 틀에 얽매이지 않고 격렬하게 달려든다. 이창호는 반대다. 무디고 평범하다. 상대가 싸움을 걸어도 인내한다. 이창호의 별명은 '돌부처'다. 스승과 제자는 달라도 너무 달랐다.

하지만 지금 나는 조 9단의 책을 갖고 있지 않다. 조 9단이 2016년 자유한국당 비례대표로 정치판에 들어간 날…… 버렸다. 물론 조 9단이 허투루 결정하지는 않았을 것이다. 장고를 거듭했을 것이다. 바둑 인생 60년이라는 일가를 이룬 그에게 어울리지 않는 자리는 없을 것이다. 그럼에도 '정치만은 제발'이었다.

어쩔 수 없다. '류'다. 바둑은 인생이다. 모험을 마다하지 않는 조훈현의 바둑과 정치라는 새로운 도전은 닿아 있다. 하지만 그의 선의와 관계없이 자유한국당은 탄핵 정당이 되었다. 정치는 악수惡手였다. 내가 그에게 고수라는 단어를 헌사하지 않는 이유다.

다행이다. 얼마 전 조 9단이 총선 불출마를 선언했다. 돌을 거뒀다. 공교롭게도 금배지를 던진 2019년은 그가 1989년 중국의 녜웨이핑을 3대2로 꺾고 제1회 잉씨배를 제패한 지 30주년이 된 해였다. 한국 바둑이 처음으로 세계를 제패한 해였다. 세계 바둑 고수 16명이 초대된 대회에 한국 기수는 조훈현 한 명뿐이었다. 하지만 최고의 자리는 조훈현이었다. 조훈현이 귀국하던 날 김포공항에서 한국기원까지 카퍼레이드를 했다.

조훈현은 40년 바둑을 두며 1,949승을 일궜다. 한국 바둑 최다승 기록이다. 지금쯤 조 9단은 자신의 짧은 정치 인생을 복기하고 있을 것이다. 이 글을 쓰고 나면 헌책방을 가려고 한다. 그의 책이 가지런히 놓여 있으면 좋겠다.

*

조훈현이 정치를 던질 무렵, 이세돌은 한국기원에 사직서를 제출했다. 1995년 7월 입단해 24년 4개월의 시간이 흘렀다. 1983년생이니 은퇴 시점으로 36세다. 아깝다. 이 9단은 18차례의 세계대회 우승과 32차례의 국내대회 우승 등 50번의 우승을 거두었다. 2002년 15회 후지

쓰배 결승에서 유창혁 9단을 반집으로 꺾고 우승하면서 세계대회 최저단 우승 기록을 작성했다. 당시 그는 3단이었다. 2000년에는 한 해에만 76승을 올렸다. 한국 기원 최다승이었다. 지금까지 공식 상금만 98억 원에 이른다.

이 9단의 하이라이트는 2016년 구글 딥마인드의 바둑 AI 프로그램 '알파고'와의 대결이다. 의심할 여지가 없다. 1승 4패. 인간이 AI를 상대로 거둔 마지막 승리다. 이 9단의 78수는 '신의 한 수'였다. 정작 그는 언론과의 인터뷰에서 '꼼수'였다고 말한다. 바둑은 어차피 '알 수 없는 존재'라 '왜 이 자리에 두었느냐'는 질문에 답할 수 없단다. 홍시맛이 나서 홍시맛이 난다는 것이다. 겸손하다.

나에겐 이세돌이 고수다. 조훈현, 서봉수, 이창호, 유창혁 시대가 있었지만 이세돌이 고수다. 알파고를 이긴 유일한 인간이어서가 아니다. 한국기원이라는 불합리, 불공정에 맞섰기 때문이다. 2016년 5월, 이 9단은 기사회를 탈퇴했다. 프로기사회가 권한을 남용하고 적립금을 부당하게 뗀다는 이유였다. 한국기원이 이 9단에게 지급하지 않고 보관해온 상금 공제액은 3,200만 원 정도라고 한다. 적립금을 둘러싼 한국기원과의 법정공방은 지금도 진행중이다.

한국기원은 기득권이다. 기득권은 별게 아니다. 새로움을 거부하는 것이다. 2009년 이 9단이 중국 리그에 출전하겠다고 했을 때에도 한국기원은 징계 결의를 내렸다. 이 9단은 반발하며 6개월간 프로 활동을 중단했다. 이세돌은 매여 있지 않았다. 바둑의 노마드다.

소설가 김연수는 『지지 않는다는 말』에서 인생의 질문은 "어떻게 하면 하기 싫은 일을 하지 않고, 하고 싶은 일을 하면서 살 수 있는가"로 집약된다고 적었다. 나에게 그 문장은 인생의 질문을 넘어 인생의 해답으로 다가왔다. 세상은 하고 싶은 일만 하면서 살 수 없다고 다그친다. 이세돌은 하기 싫은 일은 안 할 수 있지 않느냐고 묻는다. 소설가 김연수식 표현이라면 달리기를 하는 것도 중요하지만 후달리지 않는 것도 중요하다. 이세돌은 후달리지 않았다. 달리고 싶지 않을 때 달리지 않고, 달리고 싶을 때 달린다. 이세돌이 고수다!

나 혼자 중동태

부정적인 사람들이 있다. 매사에, 모든 것에 단점을 찾는 사람들. 식사를 하면서 음식 품평을 하는 사람. 맵네 짜네 어쩌네. 어디를 가서 다른 곳과 비교하는 사람. 이건 어떻고 저건 어떠네. 이 사람을 만나면 저 사람의 단점을 찾는 사람. 그 사람은 어떻고 저 사람은 어떠네. 책을 읽으며 평가하는 사람. 재미없네 별로네 어쩌네.

사물은 있는 그대로 보는 게 좋다. 그럴 수밖에 없어서 그리된 것이다. 각자의 사정이 있어서다. 경험이 그만큼이고, 주어진 시간이 그만큼이고, 가용할 수 있는 돈이 그만큼이었을 것이다. '평가'한들 달라지지 않는다. 서로의 기분만 상한다.

평가와 해석과 비판은 다르다. 평가는 내가 기준이다. 나의 호불호다. 해석도 나를 기준 삼는다. 나의 입장으로 바라보는 것이다. 하지만 평가보다는 상대를 존중하는 마음이 담겨 있다. 비판은 나를 배제한다. 객관적이다. 시대와 사건과 사물을 발전시키는 좋은 의견으로 나아갈 가능성이 있다. 매력적인 사물을 만드는 열린 비판, 가슴을 두근거리게 만드는 비판은 아름답다.

평가는 단점을 찾는 일이다. 문제점을 찾는 일이다. 그게 전부다. 해석은 나를 위한 것이다. 나에게 적용하는 것이다. 나를 발전시키는 일이다. 비판은 나와 상대방과 우리를 위한 것이다. 나의 의견이 상대방에게 전달되는 것이다. 서로를 위한 일이다.

나의 의견은 능동적이다. 내 생각이 아니면 수동적이다. 능동태로 세상을 파악하면 나와 맞지 않는다. 내가 아닌데, 내 것이 아닌데, 내가 한 일이 아니니 들어맞을 수 없다. 수동태로 세상을 바라보면 관심이 가지 않는다. 애정이 생기지 않는다. 내 일이 아닌데, 내 것이 아닌데, 나와 상관없는 일인데. 마음과 돈과 시간을 쏟지 않는다.

일본의 철학자 고쿠분 고이치로는 '중동태'를 제안한다. 능동과 수동의 언어로 포착되지 않는 세계를 '중동태'라는 개념으로 바라본다. 고쿠분은 언어의 고고학을 탐사한 끝에 밝혀낸다. 본래 세상의 언어는 능동태와 중동태만 존재했다고, 수동태는 중동태에서 파생되어 나왔다고. 이런 식이다. '아킬레우스에게 전쟁의 신(하데스)이 임했다.' 전쟁에 참전할 수밖에 없는 상황에서 적군을 죽인 자의 죄의식을 중동태가 구한다. 능동적으로 살인한 것이 아니고, 수동적으로 명령에 복종한 것도 아니다. 고대 언어 체계의 중동태였다.

능동과 수동의 대립은 하느냐 당하느냐의 문제. 능동과 중동의 대립은 주어가 과정의 바깥에 있느냐 안에 있느냐다. 중동태는 능동태와 수동태의 중간 정도의 어정쩡한 개념이 아니다. 삶은 능동과 수동만으로는 해석하기 어렵다. 그런 일이 비일비재하다. 누군가의 협박을 받아 돈을 건네면 그 행위는 능동적인가 수동적인가. 어려운 문제. 인간의 행위를 '하다(능동)'와 '당하다(수동)'으로 나누면 삶의 복잡함을 온전히 담을 수 없다.

보이는 것이 전부가 아니다. 들리는 것이 전부가 아니다. 능동태로 무언가를 판단하고 부정하고 비난하기엔 삶의 세계는 추상적이다. 수동태로 얼버무리기엔 보이지 않지만, 들리지 않지만 분명히 존재하는 가치가 구체적이다. 능동-수동의 이분법을 넘어선 중동태의 세계. 우리가 시대와 사건과 사물을 바라보는 적절한 방식이다.

에너지가 넘치는 사람이 있다. 무언가를 반드시 실행하는 사람. 반대로 그저 바라보는 사람이 있다. 나는 알지만, 하지 않는 사람이고 싶다. 나의 중동태다.

나는 검색한다
고로 존재한다

검색의 시대다.
어떤 사람은 검색하고, 어떤 사람은 검색된다. 나를 검색하면 어떤 사람인지 나타난다. '나 + 연관검색어'를 갖춘 사람이 유리하다.

검색은 실시간 순위를 타고 흐른다. 아무래도 '방송'의 영향이 크다. 뉴스의 시대다. 예능의 시대다. 하지만 방송이 된다고 해서 모두가 검색하지 않는다. 검색되지 않는 방송과 사람이 더 많다. 일본의 영화감독 고레에다 히로카즈는 "남이 취재한 신문 기사를 스튜디오에 늘어놓고서 읽다가 끝나는 프로그램이 얼마나 많은가"라며 자존심조차 없는 방송을 말한다. 자존심 없는 일본 방송을 참조한 우리의 종편은 어떤 수준인지 가늠할 수 없다. 다행히 사람들은 아무거나 검색하지 않는다. 사람들은 기대되는 것을 검색한다. 실시간으로 반응하고 다시 검색한다. 다른 사람의 검색 결과를 살핀다. 섣부른 검색도 있다. 예의가 사라진 검색도 있다. 그래도 검색은 시대의 기준이다.

나는 책을 만든다. 독자의 관심이 책을 벗어나 다른 매체로 옮겨가는 시대에 출판은 어떻게 해야 할까. 어려운 질문이다. 막막하다. 하나는 분명하다. 온종일 사무실에서 머리를 싸매는 시대는 지났다. 세상이 답이다. 사람이 답이다. 경험해야 한다. 경험이 공부다.

공부하면 깊이가 생긴다. 다른 사람의 생각에 무조건 동조하지 않게 된다. 유한화!『공부의 철학』을 쓴 철학자 지바 마사야의 생각이다. 공부는 나의 생각을 또렷하게 만든다. 나를 먹여 살리는 독자적인 기획을 만든다. 그 가치를 알아본 사람들이 확대재생산한다. 나의 생각, 기획, 가치…… 나의 연관검색어다.

연관검색어는 가벼울수록 좋다. 기성세대가 혀를 차는

가벼움도 괜찮다. 거창해서는 안 된다. 작은 문제를 찾는다. 작은 문제를 해결한다. 그 과정을 단어로 만든다. 문장은 길다. 동사를 명사로! 단어가 지칭하는 윤곽은 선명해야 한다. 단어에 맥락이 나타나야 한다. 맥락이 시대의 흐름과 부합하면 딱이다.

단어를 설정했다면 다음은 실천이다. 할까 말까, 고민은 사치다. 'SNS는 인생의 낭비다'는 퍼거슨이니까 가능하다. 허재가 말한다. '그거슨 아니지!' 우리는 퍼거슨이 아니다. 세상은 나를 모른다. 내가 어떤 사람인지 모른다. 805호에 사는 내가 무엇을 하는지 804호는 모른다. 20년을 일했는데!

일은 하는 것이다. 동시에 알리는 것이다. 내가 무슨 일을 하는지, 내가 무엇을 만들었는지 세상에 알리는 것이다. 일하는 사람은 SNS를 해야 한다. 열심히 해야 한다. 단, 너무 열심히 한다는 인상을 주지는 말자. '너무'에 달려 있다. 한끗 차이다. 승부는 간발의 차이로 갈린다. 사이 간間, 머리털 발髮, 0.04-0.08mm 차이가 순위를 좌우한다. 메달 색깔이 바뀐다. 연금 액수가 달라진다. 디테일이 답이다. 나의 이미지는 디테일이 완성한다. 지퍼를 어디까지 올리느냐에 따라 세련됨과 답답함이 갈린다. 접속 욕심은 과하지 않아야 한다. 고 허수경 시인의 육성이 들려온다. 남에게 나를 드러내고 싶은 욕망도 누군가에게 인정받고 사랑받고 싶은 욕망도 다스리며 사는 것이라고, 시인은 적었다.

> 참 그래. 소통할 수 있는 매체가 많아질수록 사람들은 고백을 하려 든다니까. 왜 자기 고백을 남에게 알릴까. 다들 알잖아. 네가 어떻게 포장해도 그건 자기 고백이라는 걸. 그게 내가 트윗을 하지 않는 이유.
>
> —허수경, 『가기 전에 쓰는 글들』 중에서

일을 생각한다. 나를 생각한다. 일을 인생과 연결시킨다. 나는 무슨 일을 해왔는가. 일을 멈출 것인가 계속할 것인가. 나는 계속하기로 했다. 그 일을 어떻게 할 것인가. 기존 방식대로 할 것인가 다른 방법을 찾을 것인가. 나는 다른 방법을 찾기로 했다. 혼자 일하기로 했다.

'나 혼자 일한다'는 나의 인생 사이즈에 맞는 일을 혼자 하는 것이다. 나의 풍수지리를 고민한 결과다. 나의 생존법이다. 나를 생각한다. 나를 잇는 관계를 생각한다. 누구나 감각한다. 감각은 현상이다. 누구나 생각한다. 생각은 자의적이다. 나의 생각, 나의 경험은 완전하지 않다. 생각은 해석으로 이어진다. 해석은 판단하고 분별하는 것이다. 해석하면 나의 위치가 감지된다. 위치는 곧 이치다. 삶의 이치를 아는 것, 명리다. 내가 어디에 있는지 아는 사람은 인생이 평탄하다. 아무 일도 하지 않는데 분주한 날이 있고, 많은 일을 하는데도 평온한 날이 있다. 결국 마음이다.

무언가를 만들고, 글을 쓰고, 말을 하고, 교육하고, 기르는 일. 나는 생각을 표현하여 먹고산다. 그 일을 위해 이동한다. 북노마드! 세상일에는 이유가 있다. 내가 왜 이일을 하고 있는지를 생각한다. 내가 왜 이 일을 좋아하는지 돌아본다. 사람은 자신의 풍수지리를 알아야 한다. 그 이치를 무시하지 말아야 한다. 불안함으로 요행을 바라는 건 비합리적이다. 명리는 나의 분수를 아는 것이다.

일을 멈출 것인가, 계속할 것인가.

기존 방식대로 할 것인가. 다른 방법을 찾을 것인가.

혼자 일하기로 했다.

어른의
시간

극단적이다. 강의가 있는 날은 말을 많이 한다. 직업병이다. 보통날은 말을 하지 않는다. 거의 묵언수행이다. 종일 혼자다.

혼자 생각하고 결정하고 움직이면 어떤 리듬이 생긴다. 리듬의 뿌리는 'rhein'이다. '흐른다'는 뜻이다. 움직임이다. 혼자의 리듬은 다르다. 감정의 높낮음이 구분되지 않는다. 어느 감정도 생각도 일렁이지 않는다. 특별함에 출렁이지 않는다. 정중동이다.

처음에는 혼자를 즐겼다. 자유로웠다. 아니, 자유롭다고 여겼다. 인공적인 자유였다. 시간이 지나자 힘들었다. 혼자를 극복해야 했다. 당연히 높낮이를 겪었다. 이제는 아니다. 모든 것을 그대로 둔다. 그대로 바라본다. 오는 것은 오는 것이고 가는 것은 가는 것이다.

세상을 규모의 잣대로 바라보는 이에게 '나 혼자 일한다'는 별 볼 일 없다. 떠나는 사람, 멀어지는 사람이 생긴다. 내가 떠나보낼 때도 있다. 성실하지 못해서, 예기치 않은 실수로. 아니다. 안 되는 건 안 된다. 떠날 사람은 떠난다. 붙잡아도 떠난다. '죽어도 못 보내~'는 없다. 필연이다. 다른 방도가 없다. 버려지면 알게 된다. '남아 있는' 것들의 소중함을 발견한다. 별 볼 일 없는 사람을 떠나지 않은 사람과 사물들, 별 볼 일 없는 나의 일을 지켜주는 사람과 사물들. 그 인연을 묵묵히 지킨다.

혼자 일하며 북노마드 미술학교에도 변화가 생겼다. 삶과 일의 규모를 줄이며 공간을 없앴다. 대학 강의실과 독립서점을 공유하는 지혜를 터득했다. 여러 사람들을 동원하는 일도 삼가고 있다. 카톡 단체창도 없앴다. 매달 마지막 주 1회 수업으로 갈음한다. 한 달 동안 수업을 준비한다. 사람들이 동행한다. 수업을 마치고 맥주를 마시며 서로의 한 달을 나눈다. 그렇게 같이 늙어간다.

북노마드 미술학교는 정해진 학기와 커리큘럼이 없다. 수강생을 공개 모집하지 않는다. 처음부터 지금까지 공부하는 사람도 있고, 몇 달 만에 그만두는 사람도 있다. 그래도 적지 않은 사람들이 찾아온다. 학생, 작가, 디자이너, 주부, 교사, 바리스타, 서점 운영자, 그림책 작가, 번역가, 직장인, 변호사 등 하는 일도 다양하다. 서울 귀퉁이에서 혼자 책을 만들고 함께 공부하자고 꼬시는 나를 믿어주는 사람들. '느슨한 커뮤니티'다. 처음에는 내가 가르치는 줄 알았다. 아니다. 그들의 지혜와 배려에 내가 배운다. 혼자 일해도 외롭지 않다.

사람들은 왜 공부하는 걸까. 만족하지 못해서다. 미래가 불안해 비상구를 찾는 마음이다. 『아프니까 청춘이다』의 시대가 있었다. 2010년 겨울 세상에 나와 시대를 강타했다. 200만 부 가까이 팔려나갔다. 대한민국에 '청춘' 담론이 붙었다. 경제학자 우석훈과 사회비평가 박권일의 『88만 원 세대』가 시작이었다면 이 책은 하이라이트였다. 영광은 오로지 저자의 몫이었다. 1963년생, 남자, 서울대 교수. '청춘'을 도구 삼은 어른의 성공이었다. 대한민국에 '멘토' 열풍이 불었다. 모두 어른이었다.

2012년 늦여름 『천 번을 흔들려야 어른이 된다』가 나왔다. 성과는 나쁘지 않았다. 아니, 훌륭했다. '50만 부 돌파 특별판'까지 나왔다. 그러나 사골을 우려먹는 것 같은 책, 길 잃은 청춘들의 주머니 터는 책이라는 신랄한 평가도 이어졌다. 저임금, 비정규직을 견디는 청춘의 평가였다. 작가가 흔들렸다.

청춘을 타깃 삼은 이런저런 힐링 도서를 소비하며 독자들은 '꼰대'라는 단어에 이르렀다. 불공정에서 올바름으로. 역시 독자가 답이다. 일본의 만화가 야마다 레이지의 『어른의 의무』에는 이런 구절이 있다. 불평하지 않는다, 잘난 척하지 않는다, 기분좋은 상태를 유지한다. 청춘의 차례를 지나 '어른의 차례'가 왔다.

나도 좋은 사장, 좋은 선생, 좋은 사람이 되려고 했던 시절이 있었다. 이제는 안다. '좋은 사람'이란 존재하지 않는다는 것을. 사람들은 무언가를 이룩하고 성취한 사람의 말을 경청한다. 그러나 옛사람들이 옛날 방식을 만든 것처럼 지금 우리는 새로운 방식을 찾아야 한다. 자신의 잠재력을 과거의 잣대로 예단할 필요는 없다. 누군가에게 선한 영향을 끼친다고 생각한 채 경거망동했던 시간. 그 시간을 생각하면 지금도 얼굴이 후끈거린다.

'힙'해야
팔린다

편집은 혼자 할 수 있지만 마케팅은 다르다. 새 책이 나오면 신간 안내문을 만들어 서점을 찾는다. 파주출판도시의 교보문고, 대형 도매점(북센, 북플러스)을 방문한다. 충정로 알라딘, 여의도 예스24, 마포 신수동 한국출판협동조합을 찾는다. 책의 판매를 좌우하는 대형 서점과 대형 출판사의 힘은 건재하다. 가장 좋아하는 자리를 차지하고 좀처럼 자리를 내주지 않는다. 그들보다 우선순위가 낮다고 해서 원망하지 않는다. 그건 부끄러운 일이다. 그게 정상이다. 삶이란 얽히고설키는 일이다. 큰 게 있고 작은 게 있다. 베스트셀러 기획이 있으면 다품종 소량 기획이 있다. 누구는 기울어진 운동장을 탓한다. 그 시간에 나는 기울어진 운동장을 버티는 힘을 기른다.

자연이 교과서다. 지구는 23.5도 기울어져 있어서 에너지와 열이 발생한다. 어긋남과 기울어짐이 에너지를 만든다. 평형은 죽음이다. 우파와 좌파의 차이에서 이데올로기는 형성된다. 이건 옳고 저건 옳지 않다? 아니다. 좌파건 우파건 움직이지 않을 때 위험하다.

시대는 달라졌다. 광고와 마케팅, 마케팅과 브랜딩이 구분되는 세상에서 책을 파는 일도 달라지고 있다. 상품을 과장하고 물리적 양으로 승부하는 마케팅은 '소음'이다. 프로암(전문가 수준으로 활동하는 아마추어) 소비자들이 주도하는 세상에서 모두의 마음에 들겠다는 마케팅은 평범하다.

'힙'해야 한다. 생산-소비 활동을 거꾸로 생각해야 한다. 이광수의 『무정』을 나라를 말아먹은 정치인들이 읽었을까? 아니다. 다방에 앉아 근대 문명의 찬반을 논하던 힙스터가 읽었을 거라고 나는 생각한다. 힙해야 팔린다! 하루키도, 이병률도, 박준도, 황현산도, 이슬아도, 《매거진 B》도 힙해서 팔리는 것이다.

힙은
만드는 자의 것

　　　　　　　　　　　본래 힙은 저항이었다.
1940년대 재즈 팬을 지칭하는 단어였다. 지금 우리가 말
하는 힙은 1990년대 말 뉴욕에서 나왔다.

　1990년대부터 미국 뉴욕 맨해튼의 높은 임대료를 피해서
예술가나 지식인이 브루클린의 윌리엄스버그로 이주했으
며 그곳에 자리잡은 사람들은 사상과 취향이 비슷했다.
그들은 주로 창작활동을 하는 예술업계에서 종사하는 20,
30대 젊은이로 사상적으로는 독립적인 가치와 생각을 중
요시하며, 진보적인 정치 성향에, 자연 친화적이며, 대안적

인 삶을 추구하고, 비주류 예술을 지지했다.

그들을 브루클린에 먼저 거주하고 있던 흑인, 푸에르토리

코인 등과 구별 짓는 것은 확실하게 다른 겉모습이었다.

그들 대부분은 백인이었다.

—문희언, 『후 이즈 힙스터?』 중에서

힙에도 역사가 있다. 1920년대 로스트 제너레이션(잃

어버린 세대), 제2차세계대전 후 비트 세대(패배의 세대),

1960년대 말 히피 세대를 거쳐 2000년대 힙스터로 이어

졌다.

지금의 힙스터는 다분히 조소와 경멸의 대상이다. 많은

이들에게 힙은 허세다. 사람들은 말한다. 진짜 힙스터는

자신을 힙스터라 말하지 않는다고. 의미 있는 지적이다.

스스로 쿨하다고 말하는 것은 쿨하지 않다. 패션과 스타

일이 힙한 시대는 지났다. 현대의 산업사회로부터 이탈

하여 원시적인 빈곤을 감수했던 선배 세대와 달리 힙스

터는 문화적 자본을 도구 삼아 지성과 취향을 자랑한다.

은근히 자랑하면 힙이고, 과시하면 허세다.

그럼에도 힙은 계속되어야 한다. 스페셜티 커피, 유기농

농산물, 포틀랜드, 친환경 자동차, 인디 음악, 넷플릭스,

버락 오바마 등 힙스터의 취향이 세상을 좀더 다르게 만들어왔다. 무언가를 만드는 사람이라면, 특히 문화적인 일을 하는 사람은 반드시 알아야 한다. 한 사람 한 사람이 제대로 살아가는 건 좋은 일이다. 힙은 우리 시대의 '코드'다.

힙은 취향이다. 문화 계열에서 좋은 취향을 가진 사람들이 SNS를 지배한다. 저마다 다른 미디어를 사용하고, 다른 물건을 소비하고, 다른 서비스를 공유한다. 돈이 많다고 해서 좋은 안목을 갖는 건 아니다. 거품 경제의 소비 사회에 저항하는 아웃사이더의 '쿨'함이 힙으로 이어진다. 대중이 따라 한다.

새로운 것이 힙할 수도 있고 낡은 것이 힙할 수도 있다. 화려함보다는 높은 품질의 기본적인 것이 힙하다. 새로운 라이프스타일을 추구하는 힙스터들은 자신과 비슷한 사람들이 원하는 것을 새로운 방식으로 만들어 제공한다. 전통 차를 제공하는 일본의 킷사텐에서 재즈가 흐르는 식이다.

핵심은 소량 생산, 소량 소비다. 지역사회와 지구를 생각하는 생산과 소비다. 내추럴리스트와 자연주의자의 생산과 소비다. 편리함과 불편함이 공존하는 생산과 소비다. 동적인 것과 정적인 것이 교차하는 생산과 소비다. 금욕주의가 배어 있는 생산과 소비다. 센스 있는 생산과 소비다.

이제 단순히 물건을 팔아서는 안 된다. 상품을 둘러싼 '이야기'나 생활의 '제안'을 생각해야 한다. 라이프스타일을 제안해야 한다. 미니멀리즘, 탈물질주의 정신이 소비를 자극한다. 아이러니다. 그래서 흘기는 시선도 적지 않다. 《킨포크》 등 라이프스타일 잡지들이 작은 모임에서 이루어지는 인간관계, 의미 있는 생활, 금욕적인 미의식, 컴퓨터 없는 일상의 중요성을 강조하지만 교묘한 마케팅 전략이라는 지적이다. 어쩔 수 없다. 시대의 흐름이다. 삶의 다른 방식을 제안하는 라이프스타일 카테고리는 더욱 번창할 것이다.

사람들은 힙한 공간을 찾는다. 힙한 이벤트에 참여한다. 힙한 물건을 소비한다. 그 과정과 결과를 SNS에 실어나른다. 그 순간 힙은 수명을 다한다. 소비하는 사람은 늘 새로운 힙을 찾아나서야 한다. 소비하는 사람은 힙할 수 없다.

힙은 만드는 자가 갖는다. 소비에 지친 사람들의 취향을 다시 설계하는 사람들이 취한다. 그 일을 '기획'하고 '제안'해야 한다. 힙은 연남, 망원, 이태원, 해방촌에 있지 않다. 변두리 작은 공장이나 어느 시골의 과수원이나 목장에 있다. 외부 환경과 자신의 내면적 체험과 감정을 바탕으로 무언가를 제안하는 것은 좋은 일이다. 아름다운 일이다. 이제 힙은 생산이다.

힙은 만드는 자가 갖는다.

소비에 지친 사람들의 취향을 다시 설계하는 사람들이 취한다.

그 일을 '기획'하고 '제안'해야 한다.

가치 있는 소비

불안하다. 모두가 불안해한다. 시간의 흐름은 시차를 만든다. 시차는 상황과 조건에 차이를 일으킨다. 차이는 곧 불안이다. 과거와 달라서 불안하고 다른 사람과 달라서 불안하다. 시간의 불안은 공간의 불안으로 이어진다. 2년 후 내가 이곳에서 같은 일을 할 수 있을까. 도시인들의 불안은 2년 전세 주기에 맞춰 옮겨간다. 불안은 온라인이라고 다르지 않다. 클라우드 시대는 저장과 망실이라는 최신 버전의 불안을 만들어냈다. 현대인의 불안은 스마트폰과 노트북에 집중되어 있다.

변화는 현재진행형이다. 시간과 공간이 변한다. 상황과 조건이 변한다. 어제까지도 많이 변했는데 오늘 또 변한다. 인간의 삶은 무엇으로 구성될까. 의식주다. 의식주는 무엇으로 구성될까. 돈이다. 돈이 있어야 의식주를 영위한다. 돈은 무엇으로 구성될까. 일이다. 육체노동이건 감정노동이건 가치노동이건, 블루칼라건 화이트칼라건 골드칼라건 일해야 한다. 일해야 돈을 번다.

SNS를 한다. SNS로 나를 알린다. 나를 증명한다. 왜? 나의 일을 위해서다. 나의 활동을 위해서다. 반대라고 다르지 않다. SNS로 돈과 일을 '멀리하는' 나를 알린다. 나를 증거한다. 왜? 나의 존재를 위해서다. 둘 다 일이다.

세상은 일의 의식을 성공적으로 치른 사람들에게 집중한다. 그들의 언어에 귀를 기울인다. 그들의 성공 매뉴얼을 학습한다. 세상은 일의 쳇바퀴에서 멀찍이 벗어난 사람들을 동경한다. 그들의 메시지에 흔들린다. 삶의 대안을 실천하는 그들을 부러워한다. 그뿐이다. 서로 다른 말과 매뉴얼이 세상에 전파되는 데에는 몇 초면 충분하다. 리트윗, 좋아요, 공유하기가 반복된다. 그 순간 모든 것은 같아진다. 머리에서 발끝까지 핫 이슈! 정보와 가치는 평평해진다.

평평한 세상이다. 평평함은 양감이다. 의미와 가치는 깊이에서 나온다. 과거의 의미는 한 우물을 파는 것에서 나왔다. 지금은 아니다. 정수기가 옆에 있다. 얼음도 나온다. 평평한 시대의 깊이는 질감에서 나온다. 질감은 다른 '결'이다. 근면 성실이 가치 있던 시절이 있었다. 한 우물을 파던 과거의 스토리텔링이다. 지금은 일하지 않는 것처럼 일하는 사람이 멋있는 시대다. 사람들은 시장의 지배에서 자유로운 사람에게 매혹된다. 그 '헛짓거리'를 사람들은 알아본다. '노는' 사람의 몸짓은 입체적이다. 평평함에 스크래치를 낸다. 스크래치는 미세한 깊이다. 미세한 깊이는 질감이다. 질감은 곧 결이다.

놀아야 한다. 일하며 놀아야 한다. 놀면서 일해야 한다. 생산하며 소비해야 한다. 소비하며 생산해야 한다. 이제 소비는 활동이 되어야 한다. 사람들은 내가 무엇을 만드는지, 무엇을 소비하는지 알고 있다. 사람들의 판단은 생각보다 정확하다. 나의 의미는 그렇게 만들어진다.

그래도
브랜딩은 합니다

브랜딩 시대다.

영업에서 마케팅으로, 마케팅에서 브랜딩 시대가 되었다. 널리 알리고 많이 파는 일에 '젬병'인 나로선 반갑지만은 않다. 그래서 김봉진 대표(우아한형제들)의 '배민 브랜딩 8년의 회고'라는 글을 공부하는 마음으로 읽었다.

자기다움. 다른 경쟁자를 의식하지 않고 내가 되고 싶은 모습을 만들어야 한다. 수많은 산업 분야에서 서로 경쟁하면서 차별화를 찾다보면 유니크할 것 같지만 결국 비슷해진다. 경쟁자를 의식하지 않고 내 안에서 찾은 '이야기'가 중요하다.

작게, 꾸준하게, 그리고 실패하기. 실패에서 배워야 한다. 실패를 두려워하는 사람은 실패를 자각하고 싶지 않아서 좋지 않은 반응을 피한다. 실패를 대하는 마음가짐과 자세가 달라야 한다. 완벽한 계획은 존재하지 않는다. 계획은 하면서 만들어진다. '베타 버전'으로 작게 시작하기. 그 실패가 '알파' 버전을 만들어준다.

강도와 빈도. 한 번에 세상을 놀라게 하는 아이디어는 드물다. 강도는 잦은 빈도가 채워졌을 때 넘친다. 빈도가 없는 강도는 유행으로 지나간다. 작게 자주 노출하면서 작은 캠페인이 모일 때 센 목소리(매스미디어 캠페인)를 병행해야 한다. 좋은 것도 나쁜 것도 '또?'라는 반응이 있어야 오래 기억에 남는다.

재무 성과와 브랜딩의 평가 시차. "그래서 매출에 도움이 돼?"라는 질문. 사업하는 사람들이 가장 어려워하는 부분이다. 그 말 앞에서 대부분 꼬리를 내린다. 브랜드는 3~5년 동일한 행동을 했을 때 효과가 나타난다. 아무래도 돈이 들어간다. 회사 안팎의 눈치를 보게 된다. 하지만 구축되는 순간 돈이 크게 들어가지 않는다. 수년 동안 브랜딩에 들인 돈의 가치는 이 시차를 이해하는 순간 제대로 평가받는다.

탁월한 품질. 아무리 브랜딩 전략이 좋아도 탁월한 품질이 뒷받침되어야 한다. 김 대표는 엔지니어 충원에 가장 많은 자원을 사용한다. 나는 좋은 저자, 번역가, 편집자, 디자이너와의 협업에 공을 들인다. 프로그래밍과 영상 '기술'을 가진 브랜드 마케터와의 협력도 절실하다.

*

'나 혼자 일한다'의 브랜딩은 '나'로부터 시작한다. 내가 보내는 이메일이 브랜딩이다. 나의 카톡 메시지가 브랜딩이다. 내가 SNS에 쓰는 말, 사진, 해시태그가 브랜딩이다. 홈페이지의 구성과 설명이 브랜딩이다. 내가 약속을 지키는 모습이 브랜딩이다. 나의 모든 일상이 브랜딩이다. 나의 브랜딩은 가르치는 것이다. 부족하지만 그 길이 최선이다. 출판의 안내자가 되고 싶다. 출판 지형도를 조감하고 출판 이론을 가르친다. 출판 워크숍을 열어 나의 경험을 공유한다. 지극히 작은 존재여서 낱낱이 공개해도 손해보지 않는다. 그렇게 만난 사람들과 유대감을 형성한다. 내가 만든 책을 사지 않아도 된다. 나의 존재만 알아도 성공이다. 퀄리티! 내가 질감 있는 사람이 되어야 한다. 좋은 사람이 되어야 하는 이유, 좋은 책을 만들어야 하는 이유, 좋은 말을 해야 하는 이유, 좋은 음식을 먹어야 하는 이유를 생각한다.

배우 공효진도 나에게 좋은 기준이 된다. 드라마 〈동백꽃 필 무렵〉과 영화 〈가장 보통의 연애〉. 공효진은 '대중적'인 드라마와 '장르적'인 영화를 동시에 소화한다. 퀄리티 있게, 느낌 있게. 그런 배우는 흔치 않다. 대중적인 기획과 특정 독자를 염두에 둔 '아쌀한' 기획. 두 가지를 동시에 풀어나가는 일. 그런 기획은 흔치 않다. 그것이 북노마드의 브랜딩이다.

있는 그대로,
자연스럽게

브랜딩은 중요하다. 하지만 무언가를 만들어 파는 사람들에게만 해당하는 말일지도 모른다. 기업은 브랜딩을 외치지만 소비자는 상관없다. 사람들은 '내'가 빠져 있는 행위를 하지 않는다. '내'가 없는 소비를 하지 않는다. 브랜드에 묻어가는 소비가 아니라 '나만의 스타일'을 원한다. 소비자들은 브랜드를 사랑하지 않는다. 자기를 보여주는 브랜드를 일정 기간 사용할 뿐이다. 남들과 똑같아 보이기를 싫어할 뿐이다. 지금은 '소비자' 시대다.

'디커플링Decoupling'이라는 말이 있다. 탈레스 테이셰이라 전 하버드대 교수가 만든 용어다. 그동안은 미국 하버드 대 클레이턴 크리스텐슨 교수가 제시한 '파괴적 혁신'이 대세였다. 스타트업이 기존 강자에 도전해 무너뜨리는 비결이 '신기술'이라는 이론이었다. 그러나 디커플링이 그 생각을 파괴했다. 기술이 승자와 패자를 결정하는 게 아니라, 소비자의 가치사슬의 고리를 부수는 스타트업이 기존 강자를 위협한다는 것이다. 소비자는 다른 제품과 비교하고 평가하는 과정을 거쳐 구매하고 소비한다. 소비자의 변화하는 행동양식에 재빨리 대응하는 것. '소비자 구매활동 훔치기'에 성공한 스타트업이 살아남는다.

그동안 생산자들은 기술혁신에 집중했다. 정보기술 기업들도 최고제품책임자Chief Product Officer를 두고 기술에 몰입했다. 그러나 기술이 평평해진 시대에 가장 중요한 것은 '소비자 연구'다. 이제 고객은 생산자나 판매자와 직접 거래한다. 소니 등 일본 기업들이 경쟁에서 밀려난 이유다. 일본 기업들은 높은 완성도의 신기술을 내놓았다. 정작 소비자에겐 의미 없는 기술이었다.

이제는 '믿음'의 시대다. 미국에서는 1990년대 후반부터 신문이 해체되고 있다. 인터넷에 밀렸다. 아무리 발버둥

쳐도 과거의 영광은 다시 오지 않는다. 이제 뉴스는 공짜 상품이다. 누구도 돈을 주고 뉴스를 구입하지 않는다. 성장을 추구하는 종이 신문은 바보다. 이제는 생존 싸움이다. 그래도 신문은 만들어야 한다. 다행히 틈새가 생겼다. 가짜 뉴스가 넘쳐난다. 여기에 길이 있다. '믿음'이다. '진짜' 뉴스를 만들면 생존한다. 진실과 거짓을 정리해주는 뉴스를 만들면 된다. 출판도 같다. 비슷비슷한 책들이 넘쳐난다. 이 출판사가 만들었다면 믿을 수 있어. 그런 출판사는 생존한다.

*

성숙사회다. 더 맛있는 음식을 먹고 싶고, 더 좋은 옷을 입고 싶다는 '다수에게 공통된 욕망'이 포화 상태에 이르렀다. 일본이 대표적이다. 우리는 조금 다르다. 저성장 시대에 막 진입했다. 일시적 경기침체가 아니다. 참고 견디면 해결되는 시간이 아니다. 고통이 예고된다.

지금까지의 삶으로부터 벗어나야 한다. 대량 생산 시대의 풍요로움에 취한 부모 세대와 단절해야 한다. 절약이 풍족함으로 이어지는 사회로 전환해야 한다. 지금처럼 동일한 물건을 대량 생산해서는 발전할 수 없다. 새롭고 다양한 것을 만들어야 한다. 믿음직한 것을 만들어야 한다.

새로움은 특별한 게 아니다. 새로움은 보일 듯 말 듯 한 곳에 숨어 있다. 실체substantial는 현실 아래 잠복해 있다. 서브sub는 아래下, 제로zero를 뜻한다. 빅데이터 전문가 송길영은 "누군가가 사물을 이야기할 때 누군가는 사람을 보고, 누군가는 그 사람을 보는 다른 사람들까지 본다"고 말한다. 사물 아래 사람, 사람 아래 다른 사람들. 그것이 실체다. 그것이 새로움이다.

산업을 보지 말고 인간을 보아야 한다. 브랜딩이란 변화를 찬찬히 지켜보는 것이다. 변화 속에서 '사람들'을 보는 것이다. 내가 만드는 물건이 사람들에게 어떤 의미가 있을까를 고민하는 것이다. 내가 갖고 있는 기술이 사람들의 일상에 어떻게 쓰일지를 살피는 것이다. 기술에 의존하지 않고 소비자의 행동을 연구하는 것이다. 디커플링이다. 그 고민이 적절하다면 혼자 일해도 경쟁력 있다. 여기는 뭔가 다른 것 같아, 여기는 뭔가 될 것 같아. 그런 기대를 준다면 오래 일할 수 있다.

산업을 보지 말고 인간을 보아야 한다.

브랜딩이란 변화를 찬찬히 지켜보는 것이다.

변화 속에서 '사람들'을 보는 것이다.

다르게, 다르게

어렵다. 많은 직장인이 창업을 꿈꾼다. 하지만 거기까지다. 실행은 드물고 성공은 어렵다. 아이디어가 없어, 아이템이 없어, 기술이 없어. 꿈만 꾸다 만다. 지금 하는 일에 불평만 커진다. 모두가 선망하는 회사면 뭐하나. 내가 주체가 아닌데.

움직여야 한다. 움직이면 생각이 달라진다. 사업하겠다는 마음은 '퇴사'를 거쳐 실행된다. 여행을 권한다. 고만고만한 국내가 아닌 해외여행을 다녀오기를 바란다. 제일은 '박람회' 여행이다. 기자 시절 다녀온 해외 도시, 해외 전시, 해외 박람회를 잊지 못한다. '주식회사 윤동희'

를 구성하는 대주주다.

내가 하고 있는 출판은 제조업 베이스다. 흔한 것 같지만 특수하다. 직장인의 창업은 다르다. 남이 만든 걸 파는 경우가 많다. 좋은 제품을 찾아라! 해외 박람회가 답이다. 파리 메종오브제, 뉴욕 나우, 세계에서 가장 큰 가구박람회 밀라노 살로네 델 모빌레 등 좋은 박람회가 널렸다. 도쿄는 어떤 박람회가 열리는지 정보를 확인하지 않아도 된다. 그냥 가면 된다.

일하는 사람의 여행은 달라야 한다. 사업가가 되어야 한다. 전시회를 어슬렁거리면 눈에 띄는 제품이 들어온다. 가격은 내가 정한다. 비슷한 제품군의 국내외 가격을 모바일로 확인하고 가격을 정하고 대화를 주도한다. 세상은 넓고 제품은 많다. 좋은 제품을 좋은 가격에 들여올 때까지 박람회에 간다. 넉넉한 경험을 가진 사업가의 태도로 협상한다. 그 경험을 온라인에 기록한다. 기억은 혼자만의 것이다. 기록하면 누군가 본다. 누군가가 반응한다. 창업의 시작이다.

번듯한 공간은 필요 없다. 첫째도 위치, 둘째도 위치, 셋째도 위치다. 내가 일하는 데 최적의 위치에서 일하자. 근사한 숍도 잠시 잊자. 온라인 시대다. 편집숍은 나중이다. 대기업을 다니다 해외 박람회에서 발견한 남성용품을 수입 판매한 창업가는 유명 '커뮤니티'의 사용자 '후기' 덕분에 성공했다고 말한다. 비즈니스는 내 편을 만드는 것이다. 친구를 만들고 가족을 만들고 공동체를 만드는 것이다. 블로그, 뉴스레터, SNS를 구독하는 독자와 소비자를 내 편으로 만드는 일이다. 본방사수, 즐겨찾기, 하다못해 주 1회 접속으로 유도해야 한다.

동업은 반대다. 사람만 잃는다. 혼자 일하자. 사람에게 휘둘리지 않으면 스트레스가 적다. 사람을 고용하지 말고 스스로 일하자. 일의 전문가가 될 때까지, 지속적으로 수익성을 유지할 때까지 혼자 일하자. 좋은 인재는 없다. 내가 가장 좋은 인재다. 지금의 일을 고민하고 준비하고 시작하고 실행한 내가 최고의 인재다. 스스로 가치 있는 일을 한다는 자존감으로 가득한 내가 가장 필요한 인재다. 신입사원의 이력서에 혹하지 마라. 경력사원의 경력에 의존하지 마라. 그들은 내가 아니다. 그들은 나처럼 일하지 않는다. 그러니 혼자 일하자.

창업과 사업에는 반드시 고비가 찾아온다. 고개를 숙이고 걷는 시간이 이어진다. 현실을 외면하거나 요리조리 피하기보다 차라리 '지는' 법을 배우자. 어느새 타성에 젖어 아무 의미도 만들어내지 못하는 일은 그만두는 게 낫다. 아는 사람이 없는 낯선 지역에서 일하는 것도 좋겠다. 아무래도 연고가 있으면 도움을 찾게 된다. 아는 사람이 없으면 자존심을 세울 필요가 없다. 밑바닥에서 다시 시작하면 지금까지 하지 않았던 부끄러운 일도 해야 한다. 자존심을 버리는 것, 그것이 이기는 길이다.

나에게 '나 혼자 일한다'는 자연스러운 결과다. '이 일을 내가 원하는가'라는 본질을 고민한 시간의 선물이다. 내가 힘든 건 자연스럽게 살지 못해서였다. 아등바등 애를 쓰고 잔재주를 부렸다. 부족함을 깨달았다. 자족하기로 했다. 나의 조건을 받아들였다. 나를 인정하고 나를 긍정하기로 했다. 나에게 맞는 일의 방식을 모색했다. 혼자 일하기로 했다.

'나 혼자 일한다'는 일의 새로운 가치를 만드는 것이다. 회사나 조직에서 일하며 겪었던 불합리함을 내 힘으로 고칠 수 있다. 그동안 일하며 '하고 싶지 않은 일'을 하지 않는 것만으로도 일상이 달라진다. 일하는 나, 나와 일의 관계를 맺는 사람들을 '인간적으로' 대하기만 해도 일의 방식이 달라진다. '나 혼자 일한다'는 소규모일 수밖에 없다. 매상보다, 매출보다 일의 기본을 생각해야 한다. 세상에는 그렇게 일하는 사람도 있어야 한다.

좋은 시대다. 온라인에서 흐름을 느낀다. 스토리를 찾는다. 제품을 발굴한다. 대기업이 놓친 지점을 살핀다. 사람들이 원하는 제품을 발견한다. 사회적 가치를 고민한다. 나 혼자 일하며 '뉴스레터'를 준비하고 있다. '스티비' 이메일 마케팅 세미나에 다녀왔다. 사실 늦었다. '크라우드펀딩'도 매일 살핀다. 역시 늦었다. 텀블벅, 와디즈, 카카오 메이커스 관계자들을 만나 배우고 있다. 크라우드펀딩 기획을 따로 하겠다는 것은 아니다. 성공 사례를 둘러보는 것만으로도 공부가 된다. 젊은 창업가들의 글, 말, 동영상, 카피, 태도를 공부한다. 요즘 나의 일이다.

사람들은 나를 크리에이티브하게 만들어주는 소비와 사회 및 환경 문제로 연결되는 소비를 동시에 추구한다. 이기적 라이프스타일과 이타적 라이프스타일의 공존. 그런 제품은 흔치 않다. 공부해야 한다. 구경해야 한다. 경험해야 한다. 만들어야 한다. 팔아야 한다. 다르게, 다르게.

세트 메뉴와
시그니처 메뉴

매일 투고 원고가 들어온다. 성실히 읽는다. 자기 책이 세상에 나와야 한다는 확신을 가진 원고에 답장을 보낸다.

인사드리며.

보내주신 메일, 감사합니다.

하지만 북노마드에서는 출간 의향이 없음을 정중히 말씀드립니다.

저희는 독자의 마음으로 다른 곳에서 나올 책을 기대하겠습니다.

감사합니다.

북노마드 대표 윤동희 올림

노트북에 저장한 메시지를 메일에 ctrl+v한다. 인정한다. 성의 있는 답장은 아니다. 그렇다고 책으로 만들고 싶은 의향이 없는 원고에 시간을 들일 필요는 없다. 자꾸 말하지만 미니멀&스마트에 위배된다. 성의를 다한다는 이유로 같은 메시지를 타이핑할 수는 없다. 대부분의 투고 원고는…… 품질이 낮다. 기획 의도, 저자 소개, 샘플 원고를 '읽는' 것으로 예의를 다한다. 혼자 일하며 투고 원고로 책을 만드는 일은 하지 않는다. 이 자리를 빌려 정중히 말씀드린다.

북노마드는 투고 원고를 받지 않습니다.

오해 마시라. 능력이 부족해서다. 여력이 나지 않아서다. '나 혼자 일한다'는 선택과 집중이다. 한일 관계가 꼬였지만 나는 일본의 '좋은' 책을 지속적으로 펴내려고 한다. 2008년 금융위기와 2011년 동일본 대지진으로 일본은 큰 변화를 겪었다. 지진으로 발생한 후쿠시마 원전 사고의 불안감은 먹고산다는 것의 의미를 살피게 했다. 소박하지만 제대로 된 식사를 하는 것. 평범함, 소박함, 단순함, 건강, 정성…… 삶의 기본을 되새기는 화두에 집중한다.

'서민 갑부'에게 배운다. 세트 메뉴와 시그니처 메뉴. 성공한 음식점의 공통점이다. 장기침체 저성장시대를 사는 법을 배우는 세트 메뉴, 매출과 이익을 가져다주는 시그니처 메뉴. '나 혼자 일한다'는 두 가지 메뉴에 집중하는 것이다.

반사회적이지 않습니다
비사회적일 뿐입니다

저성장 시대다. 인구, 노동 기회, 투자, 생산, 경제 성장 등 모든 것이 침체에 빠졌다. 고개에는 오르막과 내리막이 있다. 지금 우리는 내리막을 걷고 있다. 통계에 따르면 젊은층에서 결혼을 하거나 자녀를 낳아야 한다고 생각하는 사람은 40퍼센트 정도라고 한다. 인구가 줄어들고 경제 규모가 축소되는 상황에서 일의 스타일과 방식은 달라져야 한다. 경제 성장은 과거의 패러다임이다. 시대는 내 소관이 아니다. 지금은 '적당함'을 고민해야 한다.

나 혼자 일하며 모든 것의 규모를 줄였다. 일하는 공간을 줄였고, 생산량을 줄였고, 일하는 시간을 줄였고, 매출을 줄였고, 비용을 줄였고, 소비를 줄였다. 신기한 것은 나의 생활수준이 크게 달라지지 않았다는 것이다. 나에게 달라진 것이 있다면 '용기'가 생겼다는 것이다. 성장하지 않는 세상에서 어떻게 살아갈 것인가를 고민하는 사람이 되었다는 것이다.

가끔 선후배, 친구들을 만난다. 좋은 회사에 다니는 이도 있고, 좋은 직업을 가진 이도 있다. 당연히 수입도 많다. 좋은 곳에서 산다. 같은 일을 하는 사람들도 만난다. 나보다 큰 출판사를 운영하는 이들과 밥을 먹고 술을 마신다. 신기한 것은 모두가 걱정한다는 것이다. 모두 시대를 걱정한다. 모두 자신의 미래를 걱정한다. 그들은 불평한다. 나와 다르게 일하는 사람이 마뜩잖다. 당연하다. 사장과 직원은 다르다. 그래서 사장이고 그래서 직원이다. 나처럼 일하는 사람은 나와 함께 일하지 않는다. 그런 사람은 자기 일을 한다. 내 어머니의 말이 생각난다.

"야구를 보아라. 열 번 타석에 들어가 세 번 안타를 치면 3할 강타자다. 한 번만 홈런 치면 국민타자 이승엽이다. 세

가지만 마음에 들면 하는 것이다. 결혼도, 일도, 사람도 세 가지가 기준이다."

걱정과 불만은 어디에서 나오는 것일까. 성장해야 한다는 강박에서 나온다. 돈이나 명예를 중심에 두기 때문에 나온다. 성장은 중요하다. 하지만 숫자로 상징되는 양적 성장은 우리를 옥죈다. 이제는 질적 성장을 마음에 품어야 한다. 내가 좋아하고 잘하는 일로 나와 가족의 삼시 세끼를 책임지면 충분하다. 그 일을 오랫동안 할 수 있다면 더할 나위 없다. 일을 오래 하는 법은 간단하다. 내가 나에게 일을 시키는 것이다. 다른 사람이 나에게 일을 시키면 일의 수명은 정해져 있다. 그러나 작은 회사를 만들어 삶을 영위할 정도로 일하면 일의 수명은 달라진다.
대량 생산 시대에는 물리적 공간이 필수적이었다. 지금은 아니다. 유동적이고 작아졌다. 없어도 된다. IT를 통해 일은 온라인 공간에서 하면서 현실에 발을 딛고 있는 방법이 가능해졌다. 고령화, 저성장, 지역불균형을 극복한 작은 마을 이야기도 심심찮게 등장한다. 로컬 시대다.

2011년 동일본 대지진을 겪은 일본에서는 다운시프트,

슬로 라이프, 커뮤니티, 연대라는 단어가 사용되고 있다. 도시에서 농촌으로 이주하는 사람도 눈에 띄게 늘었다. 지방 도시의 빈 점포에서 카페, 바, 잡화점, 서점을 운영하는 젊은이들이 많아졌다. 이들의 새로운 실험은 지역의 옛 풍경과 어우러져 주민들에게 아지트가 된다. 외지인들에게는 관광의 동기를 제공한다. 산이 있고 바다가 있고, 조금만 나가면 도심이 있는 고베 같은 도시가 로컬 시대를 이끌고 있다. 눈여겨볼 일이다.

제주, 속초, 군산, 전주, 경주 등 국내에서도 이러한 움직임이 보인다. 청춘의 느슨한 생태계 네트워크로 이어지지 못하는 아쉬움이 따르지만 로컬에 사람이 모여드는 경향은 이제부터가 시작이다.

모호한 시대다. 삶은 강요적이고 분열적이고 소모적이다. 우리는 시간과 돈을 빌려 모든 것을 운영한다. 누구도 전지구화, 말기자본주의, 불평등 문제를 피할 수 없다. 돈으로부터 영향을 받는 삶을 근본적으로 재구성하고 싶지만 여의치 않다. 그래도 포기해서는 안 된다. 성장을 우선시하는 세상에 지친 사람들이 나서야 한다.

*

혼자 일하는 것을 권한다. 취직을 염두에 두지 않은 사람들, 어느 정도의 돈은 벌었으나 스트레스로 지친 사람들, 나에게 돈을 주는 이들로부터 감시당하는 사람들, 자신의 도태 가능성을 뼈아프게 인식한 사람들. '나 혼자 일한다'는 삶의 기로에 서 있는 사람들에게 인간의 감각을 되찾아주는 일의 방식이다.

물론 일은 낭만이 아니다. 혼자 일하는 것은 '자기 경영'을 책임지는 것이다. 늘 접속해야 하는 시대다. 온오프 구별이 없다. 자유를 얻으려고 혼자 일했지만 더 적은 자유를 얻을지도 모른다. 그럴수록 자신을 지켜야 한다. 일하는 자신을 아껴야 한다. 세상이 내게 요청하는 일을 의심해야 한다. 그 일의 대부분은 그들의 편리와 필요를 위해서다. 그 일에 삶을 저당잡혀서는 안 된다.

일은 소중하다. 그렇다고 멋지게 만들겠다고 무리하지 않기를 바란다. '핫'해야 한다는 강박도 떨치자. 혼자 일하며 꼭 하고 싶었던 일. 그 일을 할 수 있는 만큼, 진지하게, 경쾌하게 하면 된다. 핵심 업무만 하고 나머지는 하지 않아도 된다. 시대가 변하고 업계가 변하고 일이 달라져도 본질은 남는다. 본질이 핵심 업무다.

혼자 일하는 것은 '빼기'를 생각하는 것이다. 세상이 더하기를 요청하면 빼기로 대응하고, 세상이 곱하기를 강요하면 나누기를 제안하는 것이다. 자본주의에 질려서, 회사에 몸 바치기 싫어서, 남들이 정해놓은 가치관에 휘둘리고 싶지 않아서, 반사회적인 게 아니라 단지 비사회적이어서, 그래서 내 마음대로 할 수 있는 작은 일을 할 뿐인데 너무 많은 일을 할 필요는 없지 않은가.

혼자 일하는 것은 새로운 욕구와 새로운 기술이 피고 지는 것을 묵묵히 바라보는 것이다. 삶의 태도를 만들고 지속하는 것이다. 그 일이 '문화'가 되는 것이다. 문화를 만들어내는 사람은 쉽게 무너지지 않는다.

모두가 옳다

인생은 복잡하다. 이해되면서 동시에 이해되지 않는 것, 그것이 인생이다. 나부터 이율배반적이다. 나는 한국전쟁을 몸으로 겪은 세대를 이해한다. 태어났는데 전쟁이라니, 한창 공부할 나이에 전쟁이라니, 데이트하고 있는데 전쟁이라니, 이제 좀 살 만해졌는데 전쟁이라니. 별일 없이 살고 있는데 긴급한 속보가 뜬다고 상상해보라. 국민 여러분, 국민 여러분. 실제 상황입니다. 북한군이…… 개짜증이다.

태극기 부대는 짜증난다. 그래도 이해된다. "불쌍타 아이가. 지 어미도 총 맞아 죽고 지 애비도 총 맞아 죽었는데,

아이고……" 수의번호 503번을 측은해하는 그들의 심정을 무시하지 않는다. 태극기도 모자라 성조기까지 흔드는 어르신의 소외감을 안다. 믿음은 설득할 수 없는 영역이다.

기성세대를 불신하는 청춘도 이해한다. 청춘이 무엇이 필요한지 구체적인 관심을 갖기보다 기득권 강화에 몰두하는 기성세대를 향한 반감은 당연하다. 하지만 나도 기성세대라 온몸으로 기성세대를 불신하는 그들이 불편하다. 인생은 참 얄궂다.

어쩔 수 없다. 그것이 인생이다. 전쟁통에 태어났을 뿐이고, 손에 스마트폰만 들었을 뿐 아무것도 할 수 없는 시대에 청춘을 사는 것뿐이고, 나는 그들 사이에 끼었을 뿐이다. 실존이다. 살기 위해 몸부림치는 노력은 때와 장소를 가리지 않는다. 지복至福은 고통과 행복의 결합이다. 고통만 따르는 인생도 없고 행복만 넘치는 인생도 없다. 전쟁통에도 살아남은 사람들이 지천이고, '헬조선'과 '소확행'이라는 해시태그는 동시에 떠다닌다. 어떻게 받아들이느냐, 그것이 나의 인생을 만든다.

청춘이 중년이 되고, 중년이 노년이 되는 시간은 불과 스무 해 남짓이다. 슬프다는 말로는 감당이 안 된다. 시간의 이치 앞에서 우리는 무력하다. 삶은 우리를 비껴간다. 빠르게, 속절없이. 조부 조모 부모 없이 세상에 나온 존재는 없다. 최저임금을 안주 삼아 대통령을 욕하는 자영업자와 최저임금으로 한 달을 견디는 자녀가 한집에 산다. 택시 기사와 타다 기사가 명절이면 한 지붕 아래에 모인다. 그것이 인생이다.

내가 부모를 온전히 이해한 건 부모가 되었을 때다. 부모라는 존재감 때문이 아니다. 나라는 인간, 그 정도로 상투적이진 않다. 부모가 되었는데도 여전히 삶에 미숙한 나를 보며 깨달았다. 내 부모도 나와 같았겠구나. 끝! 모든 게 이해되었다. 그 미숙함과 불안정함 속에서도 부모 역할을 저버리지 않은 그들에게 한 가지 마음만 남았다. 고마움.

정신과의사 정혜신이 실마리다. 태극기 부대 할아버지에게 한마디만 건넸을 뿐인데 대화가 시작되더라는 문장이 머릿속을 떠나지 않는다.

할아버지, 손자 손녀 있으세요?

분노로 가득한 할아버지 얼굴에 웃음이 돌더란다. 할아

버지는 분명 가장 좋은 삶의 순간을 떠올렸으리라. 책 제목이 기막히다. 당신이 옳다. 정의로운 인생과 비겁한 인생은 아무리 멀어도 서초동과 광화문 사이다. 9.9킬로미터다. 그것만 인정하면 된다. 그것이 인생이다. 그래, 모두가 옳다.

혼자 일하는
사람들에게서 배운다

계간지 《문학동네》
2010년 가을호를 특별히 좋아한다. 사무실에 두고 틈날
때마다 펼쳐본다. 문태준 시인의 시가 있고, 김선우 시인
의 시도 있지만, 어디에서도 보기 힘든 무라카미 하루키
의 롱 인터뷰가 실려 있어서다. 제목은 〈하루키, 하루키
를 말하다〉. 계간지 《생각하는 사람》(신초사) 2010년 여
름호에 실린 것을 한글로 옮겼다.

2010년 5월 11일부터 13일까지 2박3일 대담에서 하루
키는 30년 넘게 같은 일을 해온 사람으로서 해야 할 말
을 담담히 털어놓는다. 자기가 선택한 일과 일에 임하는

태도, 무엇보다도 우리가 궁금해하는 자기 삶을 말한다. 하루키는 자신을 그냥 '소설쓰기'라는 일을 좋아하는 평범한 사람이라고 소개한다. 일찍 자고 일찍 일어나 하루에 정해진 분량만을 쓰고, 달리기와 요리, 음악 감상, 야구 구경을 좋아하는, 그의 소설과 에세이를 한 번이라도 읽은 사람이라면 누구나 알 만한 얘기를 강조한다. 그 평범함에 하루키 특유의 비범함이 서려 있다. 그래서 자꾸만 읽게 된다. 문학과 예술과 삶의 비밀을 배운다. 어느 '소설가의 각오'가 누군가의 인생을 바꿀 수 있다고 나는 믿는다.

그런데 여기 '원조'가 있다. 1943년생 마루야마 겐지의 『소설가의 각오』가 그것이다. 1966년 『여름의 흐름』으로 일본의 대표적인 문학상인 아쿠타가와상을 최연소 수상한 그는 일본 현대문학의 '작가정신'으로 불린다. 데뷔하자마자 고향 오마치로 들어간 그는 문단과 언론의 관계를 끊고 원고료 수입만으로 생활한다.

그는 소설가가 도시에서 사는 것을 이해할 수 없다고 말한다. 다른 작가들과 똑같이 좁은 세계에 푹 빠져 있으면서, 때로는 억지로 때로는 의식적으로 자기만의 세계를 추구하며 특징이 있는 소설을 잉태하고 싶어하는 자에게

도시생활이 효과가 있는지 의심한다. 술집, 서재, 출판사, 골프장 등 한정된 장소를 오가면서 아무런 의문도 품지 않는 소설가들을 향해 '구질구질'하다고 일갈한다.

> "새벽 4시 기상. 간단하게 삶은 계란 두 알로 아침을 먹은 뒤 내리 3시간 쓴다. 토요일도, 일요일도, 명절도 없다. 스물세 살부터 계속해온 50년째의 글쓰기 습관이다."

마루야마 겐지는 '24시간 소설가'다. 글을 쓰고 정원에 물을 주고 꽃과 나무를 가꾼다. 비가 오는 날에는 낮잠을 자고, 겨울에는 눈을 치운다. 밤 10시에 잔다. 이 루틴을 50년째 이어오고 있다. 하루키가 그렇듯이 겐지의 일상도 단순하다. 도시에서 살아가고 여행을 즐기는 하루키에 비하면 금욕주의자로 불릴 법하다.

그는 남아 있는 무한한 문학의 세계에 도전하기 위해서는 엄격한 생활 태도를 견지해야 한다고 말한다. '소설은 햇빛이 있는 동안 써야 마땅하다. 낮의 햇살은 문장을 환히 비추어 진위 여부를 명백하게 분별해준다'는 문장이 증명한다.

그의 글을 수십 번 읽으며 세상과 인간을 '위하여'를 외치는 명사名士들을 마음속에서 지웠다. '士'는 머리만 크다. 생각이 비대하다. 불안정하다. 나는 아래가 단단한 '토土'처럼 살고 싶다.

문학의 위기, 아니 세상의 위기는 엇비슷한 생활에서 엇비슷한 작품이 태어나고, 엇비슷한 가치 판단에 의해 엇비슷한 평가가 가해지고, 마침내 독자의 취향마저 엇비슷해지기 때문이다. 작가들조차 샐러리맨화된 세태에서 과거의 유치한 환영을 뿌리치고 진지하게 살고 있는 그의 고군분투는 영구한 역사로 기억될 것이다. 시골에 살면서 소설을 쓰는 그의 삶과 문학이 믿음직한 이유다.

약한 연결

일본의 비평가 아즈마 히로키는 명문대 교수를 벗어던지고 1인 출판사 '겐론'을 운영한다. 같은 이름의 비평지를 간행하고, '겐론 카페'라는 이벤트 공간에서 시간제한 없는 〈철학 토크 콘서트〉를 진행한다.

아즈마는 겐론 카페를 '극장'이라고 부른다. 겐론 카페는 철학을 '실천'하는 곳이자 기억을 '육체화'하는 곳이다. 한 권의 '위험한' 책을 세상에 알리는 일, 그것을 이야기하는 일이 우리의 신체감각을 단단히 길러준다고 믿는다.

아즈마 히로키의 『약한 연결』의 한국어판을 만들었다.

'약한'이라는 단어와 '연결'이라는 단어의 부조화에 눈길이 갔다. 초연결 시대다. 인터넷에서 모바일로, 모바일에서 데이터 기술로 변화하며 모든 것이 연결되었다. 우리는 자유롭게 살고 있다고 여기지만 한순간도 인터넷—모바일—데이터의 틀을 벗어나지 못한다.

여기까지다. 데이터 시대에도 삶의 질은 인간에 달려 있다. 기술은 생활을 바꿀 수 있지만 인생을 책임져주지 않는다. 거의 전 국민이 사용하는 카카오톡을 구축한 김범수 카카오 의장의 고민도 '어떻게 하면 행복할 수 있을까'라고 하지 않던가.

1인 출판사를 운영하는 아즈마 히로키도 같은 고민인 듯하다. 연결의 시대에서 나만의 인생을 사는 법을 생각하기. 『약한 연결』의 주제의식이다. 방법을 찾았다.

구글이 예측할 수 없는 말을 검색하라!
'장소를 바꿔라!

같은 인간이라도 다른 장소에서 구글을 열면 다른 말로 검색을 한다. 다른 세계가 열린다. 서울에서의 검색어와 베를린에서의 검색어와 치앙마이에서의 검색어는 다르다. 환경을 바꾸어야 한다. 신체를 이동하기, 여행하기. 바로 '약한 연결'이다.

*

세상은 두 가지로 이루어져 있다. 말과 말이 아닌 것. 우리가 보고 듣고 만지는 것은 모두 말이 아니다. 행복, 평화, 정의, 사랑, 쾌락, 부, 권력…… 우리는 말을 통해 생각, 느낌, 감정을 전하고 확인하고 정리하고 축적한다.
인터넷은 말이다. 사람들은 인터넷에 접속한다. 원하는 정보를 검색한다. 의도한 정보를 축적한다. 자신이 원하는 정보만 접하는 사람은 자기 언어에 갇히고 만다. 타자의 언어를 들으려 하지 않는다. 인터넷을 떠나야 한다. 말이 아닌 곳으로 향해야 한다. 언어 외부로 떠나야 한다.
의식은 환경의 산물이다. 말도 환경의 산물이다. 다른 삶을 원한다면 말을 낳는 환경을 바꾸면 된다. 우리의 몸을 미지의 환경에 두면 새로운 욕망이 생긴다. 새로운 욕망이 새로운 검색어, 즉 새로운 의식을 갖게 한다. 미지의 환경에 몸을 두는 방법은 '관광'이다. 관광은 '우연'한 만남으로 이끈다. 익숙한 공간에, 고정된 삶에 '소음'이

발생한다. 그 소음이 나를 살아 있게 한다.

사람들은 현실의 인간관계는 강하고, 인터넷은 얕고 넓은 약한 유대관계를 만드는 데 적합하다고 생각한다. 반대다. 인터넷은 강한 유대관계를 더 강하게 만든다. SNS를 보라! 약한 유대관계는 노이즈로 가득하다. 그 노이즈가 기회다.

어디에서 약한 유대관계를, 우연한 만남을 찾아야 할까? '현실'이다. 신체의 이동이고, 여행이다. '약한 현실'이 있어야 강한 인터넷을 활용할 수 있다. 환경을 의도적으로 바꿔야 한다. 환경을 자기 의지로 바꿔야 한다. 구글이 주는 검색어를 의도적으로 배반해야 한다.

내가 아즈마 히로키의 『약한 연결』을 펴낸 것은 철저히 나를 위해서였다. 이 책이 일본과 한국의 1인 출판사에서 나왔다는 사실은 우연이 아닐 것이다.

달의 속도로
사는 사람

　　　　　　　　　　　　　　일본의 소설가
무라카미 류는 '속도를 늦추면 주변의 풍경이 선명하게
보인다'고 했다. 1970년 일본 요코하마에서 태어난 코사
카 마사루는 30대라는 조금 이른 나이에 속도를 늦추었
다. 서른 살이 되던 해, 그는 대학을 졸업하고 다니던 대
기업을 그만두고 여행을 떠났다. 그리고 혼자서 도쿄 이
케부쿠로에 6평 남짓한 작은 바를 차렸다. 이름도 정겹
다. '가끔은 달이라도 쳐다봅시다'.
가게 인테리어도 혼자 했다. 가게 구석구석의 길이를 재
고, 그림을 그리고, 필요한 도구들을 마련했다. 손님이 앉

는 자리에 화학물질, 금속 소재, 콘크리트는 피하고 싶었다. 목재를 사다가 자르고 깎았다. 잔돈을 담는 트레이나 주문판도 나무로 통일했다. 나무에 어울리는 페인트를 칠하고 못을 박고 나사를 조였다. 손님이 신발을 벗고 편하게 쉴 수 있도록 바닥에 마루를 깔았다. 벽을 세우고 문과 창문을 시공했다. 어려운 부분은 전문가에게 묻고, 건축 현장을 찾아 공부했다. 꼬박 두 달이 걸렸다. 돈을 들이지 않고 정성과 시간을 들인 시간이었다.

코사카 마사루가 운영하는 바는 친환경 유기농 재료를 사용한다. 치바현에 작은 논을 빌려 가족과 함께 벼농사를 짓는다. 자급자족! 토종닭과 자연농법으로 기른 배추, 전통 제조법으로 만든 간장을 사용해 음식을 만든다. 친환경 재료를 사용해 음식을 만드니 당연히 맛있다. 친환경 재료는 비싸지만 조미료를 사용하지 않아서 비용도 비슷하다. 친환경 채소는 거의 모든 부분을 안심하고 먹을 수 있어서 쓰레기도 줄었다. 나무젓가락은 산림 벌채로 이어지므로 공정무역으로 들어온 가볍고 사용하기 편한 젓가락을 사용한다. 물수건을 세탁하면 화학세제를 사용하므로 재활용 종이로 대신한다. 건강과 환경, 지속가능한 사회 실현의 소박한 실천이다.

도시 변두리의 작은 바, 저녁 6시에 문을 열어 자정까지 일하는 적당한 노동, 손님들과 소통하기 위해 '한가한 가게'를 목표로 삼은 철학, 일요일과 월요일은 철저히 쉬는 삶. 그의 책『속도를 늦추면 행복이 보인다』를 읽으면 주홍빛 노을이 피어날 무렵 어슬렁어슬렁 집에서 나와, 하고 싶은 요리를 정성껏 조리해 단골손님들에게 대접하고, 자정이 되도록 담소를 나누는 풍경이 그려진다.

사는 것이 고단한 시대에 그의 다운시프트는 '현실적'인 아름다움이다. 구체적이다. 그는 일하기 전에 자기 자신이 원하는 삶을 정했다. 자신에게 맞는 라이프스타일에 맞는 수입을 결정했다. 그 수입을 얻기 위한 매출액을 계산했다. 그 매출액의 플러스마이너스 5퍼센트가 되도록 계획을 세웠다. '하루에 손님 5명'만 오면 지속가능한 가게를 만들었다. 매출을 위해 손님의 비위를 억지로 맞추지 않아도 된다. 전단지를 돌리는 식의 떠들썩한 광고나 마케팅도 필요 없다. 그렇게 비즈니스와 라이프스타일을 융합시켰다.

우리는 한 번뿐인 인생에 늘 부정적인 수식어를 덧씌운다. 힘들다, 불안하다, 불편하다, 고단하다, 팍팍하다, 부박하다…… 삶이 여유롭지 않은 까닭은 돈이 없어서가 아니다. 바쁘기 때문이다! 코사카 마사루는 묻는다. 작년보다 올해 더 많이, 올해보다 내년에 더 많이. 이런 목표는 무엇을 위해 존재하는 걸까. 무엇을 위해서 돈을 버는 걸까. 회사를 크게 만들어서 무엇을 하고 싶은 걸까. 그는 돈을 버는 것보다 필요 이상으로 돈을 벌지 않을 자유를 선택했다. 취업으로부터의 자유, 시간으로부터의 자유, 돈으로부터의 자유, 사회 시스템으로부터의 자유, 체인점 등 거대 시장으로부터의 자유를 선택했다. '무엇을 하면 좋을까'보다 '무엇을 하지 않을 것인가'를 선택했다. '하지 않기'를 선택하자 일이 달라졌다. 비용이 줄고 일도 줄어들었다. 삶이 달라졌다. 수입이 줄어들어도 풍요로운 생활을 지속할 수 있었다.

코사카 마사루가 회사를 그만둔 것은 1999년이었다. 일본의 거품경제가 꺼져가는 시점이었다. 20년 후 우리가 '그때'가 되었다. 내가 일본의 사례를 인용하는 어쩔 수 없는 이유다. 그들을 참조하는 이유다. 시대의 도래는 어찌할 수 없다. 운명이다. 장기침체 저성장 시대를 받아들여야 한다. 싫어하는 일에서 좋아하는 일로, 경쟁에서 공생으로, 욕망의 소비에서 환경을 생각하는 사회적인 일로, 큰 회사에서 작은 사업으로. 지금보다 삶의 규모를 간결하게, 간편하게, 간명하게 줄여야 한다. 천천히 사는 인간적인 삶, 사람에게 맞는 속도로 운영하는 슬로 비즈니스, 평화롭고 자유로운 하루하루. 삶의 방향은 그래야 한다.

'무엇을 하면 좋을까'보다 '무엇을 하지 않을 것인가'를 선택했다.

'하지 않기'를 선택하자 일이 달라졌다.

나만의 가게를
차려야지

'언젠가 독립해서
나만의 가게를 차려야지.'

쓰카모토 쿠미는 일본 효고현의 작은 도시 단바에서 혼자 빵집을 운영한다. 가게도 없고 직원도 없다. 산으로 둘러싸인 분지 지형의 도시, 우리로 치면 충주나 제천 같은 곳에 빵집 '히요리 브롯'이 있다.

히요리 브롯은 작업실이자 온라인 빵집이다. 쿠미의 원칙은 두 가지다. 점포를 열지 않는다, 주문 받고 빵을 만든다. 되도록 홀가분하게, 가고 싶은 곳이나 만나고 싶은 사람이 있으면 언제라도 떠날 수 있는 환경을 만들고 싶었다. 최소한 주인의 기분에 따라 문을 열고 닫는 일은 없어야 한다는 원칙, 새로운 식재료를 찾아 나서는 여행은 절대로 포기할 수 없다는 다짐. 결론은 점포 없이 빵을 만들어 파는 온라인 빵집이었다.

쿠미는 7종류(약 3만6천 원), 11종류(약 6만 원), 14종류(약 8만 원)의 세 가지 세트를 기간 한정으로 만들어 급속 냉동 방식으로 포장해 배달한다. 주문 받은 분량만 만들어 팔기 때문에 버려지는 빵이 없다. 온라인 판매니 빵을 어디에서 만드는지는 상관없다.

작업실이 있다. 생활할 수 있는 집이 있다. 신선한 식재료를 주문할 수 있는 생산자가 있다. 직접 채소를 기를 수 있는 환경도 있다. 서울이나 도쿄 같은 대도시에서는 꿈도 꿀 수 없는 일이 작은 도시에서는 가능했다. 혼자 일하며 규모를 키우고 싶은 욕심이 들 때마다 쿠미의 삶의 원칙을 곱씹는다. 자유롭게, 단순하게!

쿠미는 '달의 주기'에 맞춰 빵을 굽는다. 달의 주기에 따라 발효의 진행 속도가 달라서 반죽의 숙성 시간에 차이를 둔다. 20일은 빵을 굽고 남은 10일은 여행을 떠난다. 음력 초하룻날부터 보름을 지나 5일간 월령 0일에서 20일 사이 빵을 만든다. 보름달이 뜨고 6일 후부터 그다음 음력 초하룻날까지인 월령 21일에서 28일에는 빵의 식재료를 찾는 여행을 떠난다. 그는 자연의 힘을 거스르지 않고 일하며 여행한다. 그녀가 지은 책『달을 보며 빵을 굽다』를 읽으며 일을 지속하면서 삶을 즐기는 방법을 배운다.

빵을 만드는 일과 책을 만드는 일은 어딘지 닮아 있다. '만드는' 행위의 묘미다. 점포 없는 빵집 히요리 브롯은 주문이 들어오면 빵을 만든다. 고객들은 어떤 빵을 받을지 알지 못한다. 그때그때 식재료에 따라 다르다. 우엉 빵, 건포도 빵, 감 빵…… 빵을 만드는 사람도 완성 후에야 그 맛을 안다. 1인 출판사 북노마드는 작가의 글이 들어오면 책을 만든다. 독자들은 어떤 책으로 나올지 알지 못한다. 그때그때 들어오는 글에 따라 다르다. 에세이, 인문교양, 예술…… 책을 만드는 나조차 완성 시점에 짐작한다.

빵을 만드는 공간과 책을 만드는 공간은 실험실이 되어야 한다. 맛있는 빵을 만들기 위해 계속 시식해야 하고, 좋은 책을 만들기 위해 계속 읽어야 한다. 빵을 만드는 자는 맛을 공유하며 다양한 맛의 지식을 쌓아가고, 책을 만드는 자는 글을 공유하며 다양한 편집 지식을 쌓아간다. 빵을 만드는 자는 식재료에 인색해서는 안 된다. 책을 만드는 자는 책의 섭렵에 인색해서는 안 된다. 적고 나니 심플하다.

하루 1시간만
일하는 사람

대도시에서 오십 평생을 살아온 기자가 어느 날 지방 발령 신청을 냈다. 지방으로 발령이 나면 밀려난다고 생각하는 사람이 대부분인데 그는 달랐다. 더이상 회사와 사회에 휘둘리는 삶은 싫다. 미래는 회사 밖에 있다. 내가 원하는 글만 쓰면서 살고 싶다! 그런데 뭘 먹고 살지? 그래, 굶지 않을 정도만 일하자. 벼농사를 직접 지어보자. '얼터너티브 농부'의 탄생이다.

아사히신문 기자 곤도 고타로는 본업으로 글을 쓰고, 부업으로 농사짓는 '대안적 농부'가 되겠다고 선언한다. 실천법은 간단하다. 하루 1시간만 벼농사를 짓는다. 1년 치 쌀을 얻을 만큼 최소한의 노동을 하고, 나머지 시간은 글쓰기에 몰두한다.

곤도는 규슈의 왼쪽 끝에 위치한 '이사하야'라는 곳으로 발령이 난다. 그곳에서 '하루 1시간 농사짓기' 프로젝트를 실행한다. 프로젝트의 첫번째 실천이 뜨악하다. 지방 발령 소식을 듣자마자 곤도는 중고 포르셰 오픈카를 지른다. 농사는 먹고사는 최소한의 방편일 뿐, 글쟁이의 정체성을 잊어서는 안 되기 때문이란다. 폼생폼사! 알로하 셔츠와 포르셰 오픈카를 끌고 곤도는 이사하야로 떠난다. 도쿄를 벗어난다.

곤도의 벗어나기는 우발적인 선택이 아니다. 그는 늘 의심했다. 누가 노동을 즐겁다고 했는가. 그는 분노했다. 유니클로 총수이자 패스트 리테일링(유니클로 지주회사) 회장 겸 사장인 야나이 다다시의 발언을 이해할 수 없었다.

"앞으로는 억대 연봉과 백만 엔대 연봉으로 나뉘고 중간층이 줄어들 것이다. 일을 통해 부가가치를 만들어내지 못하면 낮은 임금을 받고 일하는 개발도상국 직원의 임금과 같아지기 때문에 연봉이 백만 엔 쪽으로 기울어지는 일은 어쩔 수 없다.”

─곤도 고타로,『최소한의 밥벌이』중에서

경영자의 급여는 유럽에 맞추고, 직원의 급여는 인도 수
준으로 맞추겠다는 것이다. 일명 세계 동일 임금이다. 임
금은 노동력의 대가라는 사실을 무시하는 사람, 인도와
일본의 물가 수준을 전혀 고려하지 않는 사람, “헤엄치
지 못하는 사람은 가라앉으면 그만이다”라고 말하는 자
산 1조 엔을 넘는 세계적인 갑부를 향해 그는 역사에서
아무것도 배우지 못한 무지한 사람이라고 일갈한다. 안
에서 새는 바가지는 밖에서도 새는 법이다.

하지만 세상의 흐름은 곤도의 뜻과는 다르게 흘러갔다.
유니클로의 최고경영자가 ‘비즈니스맨들이 꼽은 현대 최
고경영자’에서 상위권을 차지하는 모습을 보면서 곤도는
자신에게 문제가 있는 게 아닌가 생각했다. 세상의 흐름
을 따라가지 못하고 있다는 생각에 답답했다. 아무리 마
음에 들지 않아도 세상을 바꿀 수 없다. 다른 사람을 바
꿀 수도 없다. 내가 바뀌는 수밖에. 방법은 하나. 판을 옮
기는 거다. 그가 도쿄를 벗어난 이유다.

벗어난다! 이 단어는 너무도 소중하다. 벗어난다는 도망

치는 것이 아니다. '벗어난다'에는 상대방에게 등을 보인 채 전속력으로 도망치는 이미지가 없다. 벗어나기는 쪽 팔리지 않는다. 멋지다. 문득 시선을 다른 곳으로 돌리고, 콧노래를 부르며 리듬을 타며 어슬렁어슬렁 걸어 어디론가 사라지면 된다. 문제를 문제가 아닌 것으로 만들어버리는 것. 벗어나기에는 힘이 있다.

사람들은 왜 열심히 사는가? 돈 때문이다. 가진 자와 그렇지 않은 자의 돈의 격차 때문이다. 시골에서 1시간만 농사를 짓고 나머지 시간은 글을 쓰겠다는 곤도의 실천은 돈 버는 삶에서 벗어날 권리를 일깨운다. 그냥 슬쩍 벗어나는 거다.

돈을 벌지 않는 삶을 살겠다고 힘껏 도망치라는 것이 아니다. 자본주의에 한 발을 걸치되 인생의 가장 중요한 부분은 다른 곳으로 벗어나자는 것이다.

나도 돈을 번다. 많이 벌면 좋다. 대신 삶의 경계를 분명히 정했다. 일을 하되 일만 하지는 않겠다. 글을 쓰고 책을 읽고 강의하는 일은 내가 하고, 나머지 일은 다른 사람들에게 일임하겠다. 그것만으로도 내 삶의 무게는 가벼워졌다. 대안적 농부로 살아온 기록을 『최소한의 밥벌이』라는 책으로 남긴 곤도처럼.

혼자 다르게
일하는 사람

'르네상스적 지식인'
으로 알려진 박홍규 영남대 명예교수도 혼자 일하는 사
람의 교과서다. 네트워킹 세상에서 혈연, 지연, 학연을 끊
고 시골에서 느리게 살아가는 사람. 선생은 2018년 정년
퇴임하고 경북 경산에서 밭농사를 지으며 글쓰기에 전
념하고 있다.

선생의 삶은 소박하고 단출하다. 새벽에 일어나 아침까
지 글을 쓰고, 아침식사 전 텃밭에 가서 일하고, 아침을
먹고 학교 도서관에 가서 책을 읽고, 돌아와 저녁을 먹
고 8시에 잠을 청한다. 퇴직 교수가 강의하면 시간강사

의 자리를 뺏는다고 생각해 강의는 하지 않는다. 월급 받는 교수가 군이 원고료까지 받을 필요가 없다는 이유를 들어 인세, 번역료 등 원고료를 챙기지 않은 사람답다. 관혼상제, 동창회 등 사적 모임은 일절 가지 않는다.

그래도 외롭지 않다. 책을 읽고 영화를 보고 해외 일정을 챙기다보면 심심할 틈이 없다. 외롭게 사는 것이 더 가치 있다! 사람으로부터 벗어나고 싶지만 왕따가 두려워 집단을 떠나지 못하는 우리에게 그는 말한다. 친구가 없어도, 동창회에 가지 않아도, SNS 안 해도 괜찮다고 말한다. 그의 삶이 증거다.

선생은 철저한 아날로그 인간이다. 차 대신 자전거를 타고, 동물을 키우고, 주경야독을 한다. 휴대전화가 없고 인터넷도 거의 사용하지 않는다. 지방으로 이동할 때는 KTX가 아닌 무궁화호를 이용하고, 해외여행을 할 때는 비행기보다 배를 이용한다.

농사도 느리게 짓는다. 산에서 낙엽 썩은 부식토를 가져와 땅에 넣는다. 농약은 뿌리지 않는다. 검은빛이 감도는 텃밭은 지렁이와 두더지 천지다. 호박, 오이, 고추, 땅콩, 고구마, 들깨를 기른다. 텃밭은 600평. 숫자에 오묘한 비밀이 있다. 우리 국토에서 경작 가능한 땅을 7천만 인구로 나누면 한 사람에게 300평씩 돌아간다. 600평은 부부 몫을 합한 단위다. 그가 정한 '소유의 한계'다.

선생은 평생을 살아오면서 가장 잘한 건 시골에 산 것이라고 말한다. 한 달에 한 번씩 가위나 바리캉으로 수염을 자르고, 머리도 집에서 가끔 깎고, 목욕도 자주 하지 않는다. 씻을 때는 비누만 사용한다. 자유로운 개인, 자연과 어울리는 삶을 실천하기 위해서다.

가능한 소박하게 살고, 가능한 걷고, 가능한 낭비하지 않는 삶. 혼자 일하는 것은 다르게 사는 것이다. 삶의 방식을 바꾸는 것이다.

가능한 소박하게 살고,
가능한 걷고, 가능한 낭비하지 않는 삶.
혼자 일하는 것은 다르게 사는 것이다.

생활을
쓰다

어딘가에 툭 떨어진 시간이었다. 어쩌다 나 혼자 일하게 되었다. 자기연민에 젖어 있을 수만은 없었다. 나도 중요하고, 혼자도 중요하지만 '일'도 중요하니까. 좋은 날도 지지부진한 날도, 기다린 날도 지워진 날도 일은 해야 하니까. 나 혼자 일하며 가장 좋은 일은 없다는 걸 알았다. 민첩하게 일해도 느리게 일해도 그런 일은 오지 않는다. 인생의 팩트다.

나만의 일을 하는 때가 따로 있는 건 아니다. 그런 시간은 정확하지 않다. 아무리 따져보아도 다른 사람의 일을 하는 것 같다면 시간을 해체하는 법밖에 없다. 누군가는 망설일 때 누군가는 툭 치고 나간다. 내 주위에 모여 있는 일의 조건에 눈길을 주자. 유난히 반복되는 조건이 보일 것이다. 누구에게나 한 가지는 있다. 조건의 하나는 널널한 일이다. 내가 쉽게 하는 일이다. 남에게 쉽게 설명할 수 있는 일이다. 최악의 경우 누군가의 도움이 없어도 혼자 할 수 있는 일이다. 지금까지 했는데도 어렵다면 내 일이 아니다. 이것은 기대 섞인 희망이 아니다. 기대를 접은 절망도 아니다. 나의 간증이다.

일은 가닿을 수 없는 것이다. 아득히 먼 곳이다. 찬바람 비껴 불어 이르는 곳에 마음을 두고 온 것 같고, 먹구름 흐트러져 휘도는 곳에 미련을 두고 온 것 같다. 자꾸만 생각이 난다. 그리운 사람 있어 밤을 지새우듯 일을 생각한다. 아니, 나를 생각한다. 다행이다. 누군가 한 명쯤은 나의 일을 생각해준다. 드라마 〈나의 아저씨〉에서 〈아득히 먼 곳〉을 부르는 '동훈'의 노래를 '지안'이 듣고 있듯이. 세상에는 반드시 나의 일이 있다. 아득히 먼 곳이지만 허전한 내 맘에 눈물 적시는 그런 일이 있다. 사랑까지는 아니어도 된다. 아니, 사랑해서는 안 된다. 일은 사랑하는 게 아니다. 집착한다. 매달리면 품위가 사라진다.

상처받는다. 반복되면 망가진다. 이제 나는 일을 사랑하지 않는다. 매일매일 일을 해야 한다는 강박에서 벗어났다. 집중할 때가 있으면 집중하지 않는 때도 있어야 한다. 오늘 이루어지는 일은 없다. 달성하고 성취해도 또 해야 한다. 일은 중심에서 벗어날 때 잘할 수 있다. 일은 그리울 만큼 하는 것이다. 지루해질 때 멈추는 것이다. 딱 그만큼 하는 것이다. 견딜 수 없을 정도로 힘들면 혼자 다짐하는 것이다. 파이팅!

일의 매뉴얼을 쓰고 싶은 생각은 애당초 없었다. 그건 자기계발서가 하는 일이다. 그래도 이 엉성한 책이 나 혼자 일하기의 '견본'이 되면 좋겠다. 작은 굿즈 정도의 오브제. 그만큼의 욕심은 부리고 싶다. 이 책을 준비하며 나는 가볍게 살았다. 책을 읽는 습성도 달라졌다. 독서에 분열이 일었다. 두껍고 무거운 책을 읽지 않았다. 학생들을 가르칠 때 읽었던 교재 같은 책도 읽지 않았다. 절박한 시의 언어는 부담스러웠다. 누군가에게는 아름답고, 누군가에게는 유용하겠지만 나는 조금은 가벼워지고 싶었다. 지난 1년, 나를 지나간 활자는 나의 속물근성을 비웃지 않는 책이었다. 밥을 먹고 술을 마시듯이, 그런 책이 좋았…… 아니, 편했다. 메타포로 피하지 않고 곧바로 들이대는 책에 지갑을 열었다. 책을 읽고 한참을 앉아 있는 책이 아니라 곧장 러닝머신을 달려도 괜찮은 책이었다. 운동화를 갈아 신으며 나는 마음이 무겁지 않았다. 홀가분했다. 좋아하는 코드는 변한다. 계속될 수도 있고 계속되지 않을 수도 있다. 지금의 독서 습관도 다시 낯설어질 것이다. 그래도 과거의 형이상학적 독서에 완전히 귀의하고 싶지는 않다. 한동안 돌아가지 않아도 괜찮다. 독서에는 귀천이 없다. 아무거나 읽었던 시간을 기억한다. 나는 내 '생활'을 쓰고 싶었다. 이 책은 내 일상으로의 초대다.

마이너 리그

혼자 일한 지 4년이 넘어간다. 처음은 외로웠다. 열패감도 있었다. 승패를 가르는 성과중심주의 사회에서 낙오된 것 같았다. 잠이 오지 않았다. 혼자 술을 마시는 날이 많았다.

시간이 약이다. 이제는 외롭지 않다. 즐겁다. 아침은 아침이어서 좋고, 오후는 오후여서 좋고, 저녁은 저녁이어서 좋다. 봄은 봄이어서 좋고, 여름은 여름이어서 좋고, 가을은 가을이어서 좋고, 겨울은 겨울이어서 좋다.

잠이 오지 않으면 책을 읽고, 잠이 오면 바로 잔다. 자주 걷는다. 공원을 걷는다. 봄가을에는 산에 오른다. 봄에는 섬진강 변을 걷고, 가을에는 오대산 월정사 전나무숲길을 걷는다. 봄은 꽃이다. 벚꽃 구경을 나선다. 안양천을 걷고 여의도를 쏘다니고 아차산을 오른다. 죽마고우와 함께 당일치기 캠핑을 다녀온다. 흙길을 걷고 계곡에 발을 담근다. 최고의 풍류다.

지방 강의는 여행이다. 강의를 마치고 작은 서점을 찾는다. 식도락을 즐긴다. 충청에 강의가 있으면 수덕사를 찾고, 전북에 강의가 있으면 강천사를 찾고, 전남에 강의가 있으면 식영정息影亭, 송광사, 선암사를 찾는다. 담양 식영정에서 그늘에 들어가야 그림자가 쉬는 이치를 깨닫는다. 자연의 깊고 넓은 그늘은 세상의 시름을 덮는다. 대나무 숲을 지나 송광사 불일암에 오른다. 법정 스님의 유해가 묻힌 후박나무 아래서 입을 닫는다. 혼자 오르고 혼자 걷는다.

지방에 강의를 갈 때마다 부모님을 찾아뵌다. 생의 마지막에 누구의 이름도 아닌 내 이름을 부를 것 같은 사람, 어머니가 지어준 밥을 먹는다. 아버지와 같이 먹는다. 나의 효도다.

매일 운동한다. 사무실을 청소하고 나무에 물을 준다. 두 끼는 가볍게, 한 끼는 제대로 챙긴다. 서점에서 책을 사고 카페에서 책을 읽는다. 만나면 좋은 사람들과 술잔을 기울인다. 옷차림도 간편하다. 주로 검은색 옷을 입는다. 나에게 맞는 옷을 몇 벌 사서 번갈아 입는다. 일상복과 외출복을 따로 나누지 않는다.

생각해보면 나는 늘 마이너 리거였다. 주류적 질서에서 한 발짝 비켜 있었다. 그런 존재에 마음을 두었다. 동아기획과 오아시스레코드에서 SM, JYP까지, 대중음악은 변했지만 나는 한결같았다. '핑클'의 이진을 좋아했다. 사람들이 이효리의 끼와 옥주현의 가창력과 성유리의 외모에 반할 때 나는 이진의 어정쩡함에 끌렸다. 세월이 흘러 〈캠핑클럽〉에서 만개한 '뉴요커' 이진을 보며 내 일처럼 좋아했다. 같이 웃고 같이 울었다.

SM과 JYP의 든든한 지원 아래 승승장구하는 '레드벨벳'과 '트와이스'는 인공적이다. 빗속에서 넘어지면서도 끝까지 노래하는 유주를 보며 '여자친구'에 입덕했다. 김예원! 정은비! 정예린! 김소정! 최유나! 황은비! 여! 자! 친! 구! 나는 그들과 시간을 달릴 것이다.

어느 날, 맛있는 걸 해주고 싶은 그런 아이돌이 생겼다. 아츄~ 보기만 해도 재채기가 나올 것 같은 아이돌에 마음을 빼앗겼다. '오마이걸'과 '러블리즈'는 아픈 손가락이다. 유아와 수정의 스타성과 효정과 케이의 음색을 사람들이 알아주기를 바랐다. 승희와 미주의 예능감이 터지길 원했고, 막내 아린과 예인을 삼촌의 심정으로 응원했다. 〈Ah-Choo〉〈안녕〉〈지금, 우리〉 같은 러블리즈의 히트곡을 여기저기 알리고 다녔다. 오마이걸이 〈비밀정원〉으로 첫 1위를 차지했을 때 울었다. 컴백전쟁 〈퀸덤〉에서 러블리즈의 〈Destiny〉를 재해석한 무대가 터졌을 때 다시 울었다. 그동안 얼마나 하고 싶은 얘기가 많았을까, 마음이 짠했다. 잊지 말아줘 아주 오래 지나도 가끔 날 그려줘. 오마이걸의 〈불꽃놀이〉는 나의 마음이다. 나는 그들을 잊지 않을 것이다.

*

어쩌면 '나 혼자 일한다'는 '마이너' 정서다. 세상에 맞서기 싫은 자조적 선택이다. 경쟁을 피하고 싶고, 능력의 부족함을 들키고 싶지 않은 마음이다. 시대를 이끌고, 거대 기업을 만들고, 수많은 일자리를 창출하고, 혁신적인 제품과 서비스를 내놓고, 사회공헌에 힘쓰고, 자기희생을 감수하는 사람이 세상에는 참 많다. 그들 앞에서 나는 김수희의 〈애모〉다. 한없이 작아진다.

그럼에도 '나 혼자 일한다'는 시대의 흐름이라고 나는 생각한다. 42.195킬로미터를 달릴 능력은 없지만 매일 1시간은 달리겠다는 각오다. 내 주변에도 그런 사람들이 많다. 죽마고우 H는 홀로 운전해 전국의 산업 현장을 찾아다니며 경영 이론을 강의한다. 1인 디자인 스튜디오를 운영하는 고교 동창 K는 우울증을 극복중이다. 건투를 빈다. 번역가 L은 스타벅스를 작업실 삼아 말과 말의 인연을 잇는다. 편집자 K는 결혼하며 정착한 낯선 도시에서 독립 서점을 열었다. 출산 후 잠시 숨을 고르던 편집자 H는 카톡 상태 메시지에 이런 다짐을 새겼다. '계속해보겠습니다.' 방송작가 K는 방송국을 나와 산문집을 준비하고 있다. 독일에서 플루트를 공부한 음악가 K는 오케스트라에서 지휘를 하며 아이들을 가르친다. 패션 일러스트레이터 P는 1인 스튜디오를 열어 입시를 준비하는 학생들을 가르친다. 고향 경북 봉화를 떠나지 않겠다고 다짐한 J는 1인 출판사를 만들었다. 변호사 S는 로펌을 나와 여행작가로 인생의 다음 막을 준비하고 있다. 사진가 Y는 인스타그램을 스튜디오 삼아 1인 사진 스튜디오를 열었다. 요가 강사 L은 주말 아침 한강공원에서 요

가를 가르친다. 사진가 J는 망원시장 근처에 1인 심리상
담소와 헌책방을 차렸다. 공예작가 C는 다섯 마리 고양
이를 키우며 1인 공방에서 나무를 깎는다. 서울 샤로수
길에서 독립 서점을 운영하는 쌍둥이 자매의 말이 잊히
지 않는다.

"비가 오나 눈이 오나, 무슨 일이 있어도 매일 반복적으로
할 수 있는 일이 '업'이 되어야 합니다. 무엇보다도 이 일이
몸과 마음에 '자연스럽게' 느껴져야 합니다. 그래야만 지
속적으로 이 일로 먹고살 수 있으니까요. 저희에게 그런
일은 아무래도 책 읽는 것, 책 찾는 것, 서로에게 책을 권
하는 것이었습니다."

자매에게 독립 서점은 작업실이자 서재다. 서점에서 두
사람은 공부한다. 세미나를 열고, 북클럽을 운영한다. 출
판사를 만들어 책을 만든다.
얼마 전 선종한 차동엽 신부는 라틴어 '스페로 스페라'를
가장 좋아했다고 한다. '나는 희망한다. 당신도 희망하
라.' 혼자 일하는 벗들에게 건네고 싶다.

혼자서
여행하는 기분

소설가 무라카미 하루키는 '소설가란 무엇인가'라는 질문을 받으면 "소설가란 많은 것을 관찰하고, 판단은 조금만 내리는 일을 생업으로 삼는 인간입니다"라고 대답한다고 한다. 판단하는 것보다 사유하고 사색하고 상상하고 관찰하는 것에서 기쁨을 느끼는 자, 자신이 보고 듣고 느낀 것을 즉시 발설하는 것보다 '한참'이라는 '수줍음의 시간'이 필요한 자. 하루키는 그런 사람이다.

하지만 하루키여서 가능하다. 현실은 우울하다. 모든 것을 팔아야 하고 알려야 하는 시대에 침묵을 지킨다는 건 생존을 걱정해야 한다. 자유를 지키고 싶은 본능과 직업의식과 책임감 사이의 갈등, 그리고 시스템 속에서 자신이 소모된다는 찝찝함 사이를 오가야 한다. 불안의 이유다.

일본의 미술가 나라 요시토모도 같은 고민을 했던 것 같다. 화난 것 같은, 무언가를 강하게 호소하는 눈이 인상적인 소녀를 그리는 그에겐 '세라믹'이라는 또다른 작업이 있다. 일본의 미술저널 《미술수첩》(2010년 7월호)과의 인터뷰에서, 그는 2006~2007년에 카나자와 21세기 미술관에서 열렸던 〈월야곡〉 전을 치르면서 도예에 흥미를 갖게 되었다고 말한다.

도쿄를 떠나 카나자와라는 낯선 곳에 체류하며 요시토모는 '장소를 바꿔 작업을 만드는 것'에 흥미를 느꼈다. 그에게 도예란 전문 분야가 아니었다. 자신의 작업을 하다가 기분 전환을 위해 잠시 즐기는 정도였다. 하지만 도예 레지던시에 참여하면서 도예의 역사를 공부하게 되었다. 흙을 공부하게 되었다. 물레의 회전 방법을 몸으로 기억하게 되었다. 새로운 흥미가 우러나서 더 해보고 싶은 생각이 들었다. 그렇게 3년을 레지던시에서 흙을 만지며 보냈다.

그 낯선 시간이 요시토모에게 전환점이 되었다. 미술대학을 나와 그림을 그리는 일을 업으로 삼은 이후, 자신이 정한 어느 때에 전시를 통해 결실을 맺겠다고 작업하는 게 아니라 "그냥 혼자서 여행하는" 기분으로 머물렀던 그 시간이 미술을 가볍게, 그러나 깊이 있게 생각하게 만들었다.

요시토모는 세라믹 작업을 통해 소녀 그림을 동시다발적으로 벽에 배치할 때는 알지 못했던 관객과 작품 사이의 '관계'를 깨달았다고 말한다. 요시토모의 작업은 절에서 불상을 배견(拜見, 삼가 절하고 보는 것, 작품을 공경하는 마음으로 보는 것)하듯 보게 만든다. 관객은 자연스럽게 작가와 작품 사이의 관계를 유추하게 된다. 그 행위에는 정신성이 깃들어 있다. 그저 어떤 공간에서 전시를 갖고, 어디에 전시를 홍보하고, 누가 전시를 볼 것인지에 몰두하는 미술가들과 요시토모가 다른 이유다. 요시토모의 말이 잊히지 않는다.

"관객에게 정신적 체험을 주는 힘이 없어지면 작품은 싸구려 같은 물건이 됩니다."

자기만의 정신적인 세계를 가진 미술가, 자신이 무슨 작업을 하는지 대중이 몰라도 상관없다는 담대함, 오히려 소수의 사람들에게 확실하게 남는 게 좋다고 믿는 용기, 언론과 대중에 알려지지 않아도 스스로 만족할 수 있는 전시를 치르겠다는 각오, 자신과 작품, 자신과 전시 공간을 가장 소중히 여기는 순수함이 정신성의 질료다. 요시토모는 다시 말한다.

"지금 우리는 정신을 잃어버린 것 같아요. 음악도, 미술도, 디스플레이적인 전시도 샘플링인 거죠. 좋아하는 것을 모아서 자신의 방같이 전시하면 그 사람처럼 보이는 것은 당연한 거예요. 그건 누구든지 할 수 있죠. 하지만 저는 단 한 점으로 옛날의 도자기가 가진 '강한' 물건을 만들고 싶었어요."

미술은 형식만을 만드는 것이 아니다. 그것이 무너져도 보충할 수 있는 정신을 빚는 것이다. 나의 첫 책을 내놓는다. 세상에 데뷔하는 마음이다. 혼자서 여행을 떠나는 심정이다. 두렵다. 별수 없다. 사람들을 염두에 두지 않고, 평가를 의식하지 않고, 내가 하고 싶은 일을 했던 이 시간을 잊지 않으려 한다. 영화 〈신과함께-죄와 벌〉을 찍은 하정우에게서 담담함을 배운다.

죽기 전에 마지막으로 먹고 싶은 음식은?
 ―쿼터 파운드 치즈버거 세트.

하정우가 갑이다.

사람들을 염두에 두지 않고, 평가를 의식하지 않고,
내가 하고 싶은 일을 했던 이 시간을 잊지 않으려 한다.

Bittersweet

나는 어떤 사람일까. 일하지 말자고 재촉하면서도 지금 이 글을 쓰고 있는, 그러니까 은근히 일하는 사람이다. 돈 앞에 초연한 척하면서도 '다음달 강의 부탁드려요'라는 메일과 전화를 거절하지 않는 사람이다. 그들에게 나는 YES24다. 편의점이다. 사람에게, 돈에게 늘 질질 끌려가는 사람. 그게 나라는 사람이다. 태도와 각오라는 단어를 다짐하지만 실은 여린 사람이다. 아침에 일어나 비가 오는 걸 확인하는 순간 만사가 귀찮아지는 나약한 사람이다. 2시간 강의를 하려면 전날 2시간 강의를 미리 연습해야 하는 부족한 사람이다.

이 책은 어떤가. 한 줄 한 줄 최종 검수자가 이병률 시인이다. 이병률이라니, 이병률이라니, 이병률이라니. 이병률 앞에서 글을 쓰는 자의 마음을 아는가. 백종원 앞에서 음식을 만드는 골목식당 심정이다. 쫄린다.

그런데 조금만 다르게 생각하면 자존감 뿜뿜이다. 이병률이 책을 제안하다니! 2018년 6월 30일 '책방 무사' 주인장 요조의 『오늘도, 무사』의 북토크를 마친 날. 우리는 닭볶음탕에 동동주를 나누었다. 여러 인연으로 연결된 사람들이 함께했다. 초여름, 파주의 시골 식당에서 펼쳐진 뒤풀이는 정겹고 흥거웠다. 비가 조금 내렸지만 운치를 돋우는 최적의 소품이었다. 딱 거기까지였다. 폭우가 쏟아졌다. 거칠게, 오래오래. 동동주를 마시는 건지 빗물을 들이켜는 건지 몰랐다. 식당 주인이 안으로 들어가라고 발을 동동 굴렀다. 우리는 꿈쩍하지 않았다. 이병률 시인이 모두를 안심시켰다.

"너무 좋지 않아요?"

신기했다. 그 말 한마디에 모든 것이 완벽해 보였다. 비, 닭볶음탕, 파전, 동동주, 그리고 사람들. 이보다 좋을 순

없었다. 비만 오면 출근조차 하지 않는 나라면 어땠을까. 파장을 선언했을 것이다. 그날, 알았다. 시인의 글은 인내와 여유로움에서 나온다는 것을. 봄날의 먼지 섞인 바람도, 여름의 뜨거운 햇살도, 지루한 장마도, 가을의 쓸쓸함도, 살갗을 에는 추위도 그에겐 시의 조건이라는 것을. 빗속에서 시인이 손을 내밀었다.

"우리, 책 내요. 약속."

정말요? (얼떨결에) 약속. 모두가 환호했다. 작은 항아리에 담긴 동동주가 출렁였다. 손도장을 찍은 사진이 스마트폰에 선명히 남아 있다. 내 인생에 빗속에서 환하게 웃은 유일한 순간이었다.

근사하다. 나는 요조의 책을 만들었다. 요조가 첫눈처럼 내게로 와주었다. 출간을 기념하는 행사를 이병률 시인이 커피를 내려주는 카페에서 치렀다. 요조와 이병률 사이에 내가 있다니. 그것도 실존으로, 삶으로, 리얼리티로.

삶은 bittersweet다.

사실이다.

소박하되 구차하지 않게

1991년 대학에 들어
갔다. 세상은 나를 X세대라고 불렀다. 대기업을 1년 반
다니다가 미술기자가 되었다. 1999년이었다. 넥타이를 매
지 않고, 출퇴근이 자유로운 걸 훈장처럼 여겼다. 기자로
일하며 대학원에서 디지털 문화를 공부했다. 세상은 밀
레니엄으로 분주했다. 1980년대 민중, 1990년대 대중은
2002 한일월드컵에서 '대~한민국'을 외치는 군중이 되었
다. 2002년 12월 19일 노무현 대통령을 당선시킨 사람
들은 다중多衆으로 불렸다. 각자의 정체성을 가지며 개별
적으로 행동하는 사람들이 개별성을 유지하면서 공동으

로 행동했다.

2007년 북노마드를 만들었다. 2016년 1인 출판사로 독립했다. 아이폰 3가 아이폰 X가 되었다. '연결'의 시대에서 '초연결' 시대가 되었다. 인간과 인간, 인간과 사물, 사물과 사물이 연결되었다. 컴퓨터와 인터넷이 결합한 인공 네트워크와 물리적 네트워크, 생태적 네트워크가 결합되었다.

초연결성은 어떤 이에게는 혁신이고, 어떤 이에게는 파괴다. 고정성에 바탕을 두고 물리적 채널을 장악한 기업의 시대는 붕괴되었다. 노동은 외부화, 임시화되었다. 정규직과 비정규직을 구분하는 가치관은 올드하다. 자본이 작동하는 일의 중심과 어떻게 '거리'를 두느냐, 일의 선택은 이것뿐이다. 나는 '멀리' 두기로 했다.

세상은 무시간성, 무공간성으로 접어들었다. 가장 최신 유행의up to date 유튜브 콘텐츠는 모두 과거out of date다. 우리 부모들은 안방이나 거실에서 저녁 8시 30분 일일 연속극을 보고 9시 뉴스를 시청하며 하루를 마무리했다. 월화 미니시리즈, 수목 드라마, 주말 연속극, 9시 뉴스데스크의 시대였다. 이제 사람들은 거실에서 정해진 시간에 텔레비전을 시청하지 않는다. 넷플릭스는 무공간성의 상징이다. 본방 사수, 다시 보기, 몰아서 보기, 짤방, 댓글, 팬픽…… 이제 사람들은 지능적이고, 사려 깊게, 몰두해서 콘텐츠를 소비한다. 스트리밍으로 무시간성, 무공간성을 흐르는 콘텐츠의 선택은 철저히 개인적이다.

화면의 시대다. 세상 모든 곳에 화면과 표면이 존재한다. 화면과 표면을 콘텐츠가 채운다. 그런데 문제가 생겼다. 콘텐츠를 돈을 주고 소비하는 사람들이 줄어들었다. 어린이집부터 대학까지, 부모의 자본으로 공부한 세대가 직격탄을 맞았다. 부모의 돈으로 소비했던 것들을 자신의 힘으로 가질 수 없게 되었다. 돈을 가려서 쓰게 되었다. 이제 사람들은 팬덤이 아니면 돈을 쓰지 않는다. 시인이냐 아이돌이냐. 대상이 다를 뿐이다. 현빈의 브라이틀링 프리미에르 B01 크로노그래프 42 시계냐 손석희의 카시오 A168WA-1DF 시계냐. 규모가 다를 뿐이다.

사람의 시대다. 사람들은 스마트폰으로 사람들을 본다. 구경하고 훔쳐보고 관찰한다. 동경하고 질투하고 시기한다. 라이프스타일이 '장르'다. 어떻게 사느냐가 '상품'이다.

경험의 시대다. 경험을 기획하고 생산하고 데이터화하는 자가 이긴다. 경험을 기획하고 제안하고 생산하는 힘은 읽기, 관찰, 탐방, 소비에서 나온다. 지역, 위치, 규모는 중요하지 않다. 대량 생산 대량 소비는 올드하다. 멋지고 수익성 있고 의미 있는 일에 규모와 조직은 필요하지 않다. 벗어나야 한다. 일본의 사상가 아사다 아키라가 『구조와 힘』을 쓴 건 1983년 9월이었다. 구조'와' 힘이다. 시대와 현실은 어쩔 수 없다. 부수려고 해서는 안 된다. 백전백패다. 그렇다면 어떻게 해야 할까. '편집'이다. 시대와 현실을 편집하고 '나'를 편집하는 것이다. 1962년 앤디 워홀이 실크스크린에 마릴린 먼로를 '복제'하며 잊지 않은 것은 15세기 〈모나리자〉의 '비스듬한' 각도였다. 워홀은 시대와 자기 자신을 동시에 편집했다.

구조는 부수는 것이 아니다. 벗어나는 것이다. 아키라는 이듬해 1984년 『도주론』을 펴냈다. 도망쳐라! 벗어나라! 삶은 즐겨야 한다. 진정으로 즐기기 위해서는 밖으로 나가야 한다. 문제는 아직 충분히 밖으로 나가지 않았다는 것이다. 공부만으로는, 소비만으로는, 팬덤만으로는, 욜로만으로는, 여행만으로는, 이직만으로는, 퇴사만으로는 해결되지 않는다. 구조 밖으로 나가야 한다. 이승철이 절규한다. '밖으로~ 나가버리고~'(〈마지막 콘서트〉). NCT 127이 내뱉는다. '떠들기 바쁜 세상 속에 갇혀 헤매고 싶지는 않아, 빨리빨리 피해 right'(〈Cherry Bomb〉).

인정한다. 구조를 벗어난다는 것은 조금은 뻔뻔한 일이다. 가족으로부터, 회사로부터, 인간관계로부터 도망친다는 것이다. 나도 고민했다. 지금도 고민하고 있다. 그럼에도 내가 좋아하는 일을 오래 하려면 이것밖에 없다. 뻔뻔함! 뻔뻔해야 한다. 뻔뻔하면 가벼워진다. 의무와 책임의 짐을 덜게 된다.

가벼워야 한다. 산뜻해야 한다. '나 혼자 일한다'는 세상의 규칙으로부터 벗어나는 것이다. 힘을 빼야 한다. 드라마 〈눈이 부시게〉의 배우 김혜자의 인터뷰가 답이다.

> "이젠 슬픈 이야기를 웃으면서 할 때가 된 거예요. 우는 건 첨부터 노상 울고, 심각한 건 내내 힘주고…… 그건 옛날 연기잖아. 내가 배운 건 힘을 뺄 때 정말 좋은 게 나온다는 거예요."

> —김지수의 인터스텔라,
> 〈아! 눈부셔라, 우리가 사랑했던 시간들〉 중에서

*

편집자는 자기가 만든 책이 서점에 놓이면 그 책을 다시 읽지 않는다. 적어도 나는 그렇다. 만드는 과정에서 지겹도록 보아서일 것이다. 저자는 어떨까. 완성된 책이 손에 들어오면 어떤 기분일까. 어디서부터 읽어내려갈까. 마지막 문장을 적고 난 후의 일이어서 예측할 수 없다.

'달' 출판사에서 나의 첫 책을 펴낸다. 객관적으로도 주관적으로도 좋은 출판사에서 책이 나오는 건 아무에게나 주어지는 선물이 아니다. 파평 윤씨 지비공파 33대손…… 가문의 영광이다. 어수룩한 책을 기다려주고 근사하게 만들어준 출판사에 누가 되지 않으려면 열심히 알리고 팔아야 한다. 일하지 말자고 해놓고 이런 식이다. 아니다. 이건 나를 위한 일이다. 미니멀&스마트한 일이다.

이 책을 다시 찬찬히 읽기까지 긴 시간이 필요할 것 같다. 그때 나는 무엇을 하고 있을까.
여전히 나 혼자 일할 것 같다.

소박하지만 구차하지 않게.
좋아서, 혼자서.

좋아서, 혼자서

초판 1쇄 인쇄 2019년 12월 23일
초판 1쇄 발행 2019년 12월 30일

지은이   윤동희

책임편집   이희숙
편집   박선주
모니터링   김민채 이희연
디자인   김선미
그림   heeeunlee/희은리
제작   강신은 김동욱 임현식
마케팅   최향모 송승헌 이지민
홍보   김희숙 김상만 오혜림 지문희 우상희
관리   윤영지

펴낸이   이병률
펴낸곳   달 출판사
출판등록   2009년 5월 26일 제406-2009-000034호

주소   10881 경기도 파주시 회동길 455-3
✉   dal@munhak.com
🐦 f 📷   dalpublishers

전화번호   031-8071-8682(편집) 031-8071-8670(마케팅)
팩스   031-8071-8672

ISBN   979-11-5816-105-7 03810

• 이 도서의 국립중앙도서관 출판예정도서목록(CIP)은 서지정보유통지원시스템 홈페이지
(http://seoji.nl.go.kr)와 국가자료공동목록시스템(http://www.nl.go.kr/kolisnet)에서
이용하실 수 있습니다. (CIP제어번호: CIP2019050564)